Alles Barn

Cathy McGough

Stratford Living Publishing

HVA LESERNE SIER...

FRA USA:

"Cathy McGoughs Alles Barn er en psykologisk thriller som får deg til å undre deg helt til den forbløffende slutten."

"Jøss, jeg hadde definitivt ikke forventet og kunne ikke ha forutsett slutten på denne historien."

"En godt konstruert, plotdrevet historie."

"Det var så mange vendinger, og akkurat da man hadde regnet det hele ut, ble teppet revet vekk under en."

"Jeg ble lamslått midtveis i boken, som fikk meg til å tenke WTH?"

FRA STORBRITANNIA:

"En historie som er så tett skrevet at den gjør inntrykk."

"Jeg trodde jeg hadde regnet ut alt, men jeg tok så feil."

"En fornøyelig lesning med noen overraskende vendinger underveis."

FRA CA:

"Jeg synes historien var spennende og likte å lese boken til siste slutt."

"Lettlest, med høyt tempo og et interessant utgangspunkt."

FRA IN:

"En velskrevet og fornøyelig thriller."

Innholdsfortegnelse

For barna.

PAPIRDOLLEN

Papirdukken er viklet inn i vindens virvel

Tømt for følelser snurrer og snurrer hun

Rundt og rundt, ballerina-aktige piruetter

Blinker tilbake til livets nederlag og anger.

Hun prøver febrilsk å unnslippe fra dens klør

Vinden hvisker voldtekt i ørene hennes.

Papirdukken er revet fra lem til lem

Bare et minne om det som kunne ha vært.

Hun føler ingen smerte, for hun er bare et barn

Hun føler ingenting.

Hør barnas skrik mens de vrir og vender seg

I søvnens drømmer

Beskytt dem mot livets virvelvind.

Løp, barn, løp,

Det er ingen lenker som kan binde dere lenger.

Beskytt dem mot livets virvelvind.

KAPITTEL 1

BENJAMIN

17 åR GAMLE BENJAMIN var en pliktoppfyllende medarbeider. Spesielt siden han sluttet på videregående. To ganger om dagen, seks dager i uken, besøkte han banken. Om morgenen for å hente kontanter. Om ettermiddagen for å sette inn dagens inntekter. Turen frem og tilbake var begivenhetsløs, helt til denne morgenen.

Det som fanget blikket hans, var en kvinne. Hun spankulerte rundt i høye hæler og skilte seg ut som en utstillingsdukke på en strand. Gulletikettene på vesken og solbrillene hennes reflekterte lyset og fikk det til å sprette og bevege seg som ildfluer. Over skulderen på den ermeløse, svarte kjolen hennes hang et rødt skjerf.

Benjamins øyne fulgte skjerfet helt til det nådde enden av kvinnens utstrakte arm. I enden av skjerfet hang en liten jente som slet med å holde følge. Armen til barnet, kanskje syv år gammelt, strakte seg også bakover. Ved siden av den var det en ting: en klumpete dukke i naturlig størrelse. Han tok en dobbeltkikk, for dukkens og barnets ansikt var identiske. Så la han merke til at dukkens utstrakte arm også strakte seg bakover - mot ingenting og ingen. Dukkenes ranglete ben og sko skurret langs fortauet, og de fulgte etter.

Nysgjerrig fulgte han etter den merkelige trioen da de svingte rundt hjørnet på vei til Lake Ontarios havnepromenade.

Kvinnen stoppet, dro i armen til den motvillige følgesvennen og satte opp farten. Den lille snublet i bakken uten å slippe hånden til dukken. Hun kom seg på beina, men fikk et slag på kinnet med bakhånden. Et slag som fikk ham til å krympe seg da det hørtes ut som om det ga gjenklang.

Kvinnen gikk raskt da barnets pip ble til et skrik. Hun lente seg bakover og hvisket inn i barnets øre: "Resultatet er stille tårer.

Han plasserte fingeren på hurtignummeret 911 og vurderte situasjonen. Hvis han hadde vært en voksen mann, ville han gitt henne hva hun skulle gjøre. I stedet fortsatte han å skygge dem. Han fulgte med. Lurte på hvorfor de hadde det så travelt.

Dukken som hoppet bakover med et tannløst glis, ga ham frysninger, så han gikk over på den andre siden av veien. Han fortsatte å observere den merkelige trioen. Særlig hvordan kvinnens røde skjerf stod i kontrast til det ravnsorte håret og kjolen. Hun virket malplassert, som om hun var på vei til en magasinfotografering med to barn på slep.

Vent nå litt... Dukketypen virket kjent. Sjefen hans, Abe, bestilte av og til lignende dukker gjennom butikken sin. Vanligvis i månedene før jul.

Dukkene ble designet og sendt fra Europa. Hver bestilling krevde et bilde av barnet. Dette skulle gjenskape hudfarge, hår- og øyenfarge. Detaljer som høyde, vekt og skostørrelse ble registrert på baksiden av bildet.

Det var da han la merke til hvorfor den lille jenta slet. På føttene hadde hun glitrende sandaler, av den typen som gikk rundt ankelen. Til å være sandaler var de pene, men uegnet for rask gange. For tvillingen hennes var sandalene ikke noe problem da dukken ble trukket langs fortauet.

Da de kom til den første parkbenken, hadde kvinnen roet seg ned. Hun lo da hun hjalp den lille med å ta av seg ryggsekken. Så sørget hun for at hun satt godt før hun tok seg av dukken. Hun bøyde bena på dukken og støttet den opp i sittende stilling.

Han rykket nærmere og tok bilder av vannkanten helt til telefonen hans vibrerte. Det var Abe som ville høre hvordan det gikk.

"Hvor er du?" Abe hadde sendt en tekstmelding. Abe var Benjamins sjef og utleier. Abe var opptatt av rutiner.

"Oppstilling, B tilbake så fort som mulig", skrev gutten.

Abes svar var en tommel opp-emoji.

Kvinnen knelte, slik at hun var øye til øye med barnet.

Tenåringen tok et panoramabilde av Ontariosjøen, fra CN Tower til Burlington.

"Kjære, jeg glemte lommeboken min", klappet hun barnet på hånden. "Jeg kommer straks tilbake, det lover jeg."

Barnet forble stille og fiklet med sandalene sine.

"Har du vondt i føttene, vennen? Jeg er lei for at vi måtte skynde oss. Du kan hvile her, så er du helt fin når jeg kommer tilbake for å hente deg. Bare vent her, ok?"

Barnet nikket og slapp beina ned. Hun kunne ikke røre bakken, så hun holdt seg i ro.

"Ikke rør deg fra benken mens jeg er borte." Hun kastet et blikk rundt seg. "Og ikke snakk med noen. Husk at vi har et hemmelig ord. Vet du hva det er? Hysj, ikke si det til meg. Du husker det, ikke sant?"

"Hva om jeg må," hvisket barnet, "tisse?"

"Vent til jeg kommer tilbake. Det tar ikke lang tid. Jo fortere jeg går, jo fortere er jeg tilbake." Hun reiste seg og rettet ryggen.

Den lille tok tak i armen hennes: "Du glemmer meg vel ikke, mamma? Som sist gang?"

Kvinnen sukket og hvisket.

"Elskling." Hun klappet datterens hånd. "Jeg har hentet deg på skolen i tide nittini ganger, og du husker alltid den ene gangen jeg kom for sent." Hun trakk pusten dypt og trakk seg tilbake.

"Unnskyld, mamma."

Tenåringen satt på en benk i nærheten og bladde gjennom bildene han hadde tatt. Han kikket opp da kvinnen snudde seg. Ansiktsuttrykket hennes virket mer barnslig nå, med haken skjøvet frem.

"Denne gangen vet jeg veien hjem", sa datteren med et smil.

Kvinnen pustet ut, snudde seg tilbake og ga datteren en klem. "Jeg må gå nå, vennen."

"Jeg er ikke en baby."

"Det vet jeg at du ikke er. Vent her, vent på meg. Jeg kommer tilbake. Kryss hjertet mitt." Hun mimte hjertekrysset og gikk sin vei.

"Vi ses snart, mamma", sa barnet. Hun bøyde nakken og så avstanden vokse mellom seg selv og moren.

Tenåringen så på med tårefylte øyne. Hun var en god mor likevel, eller bedre enn han trodde hun var.

Moren snudde seg og sendte jenta et kyss, før hun fortsatte å gå.

Telefonen hans vibrerte igjen. Abe. Han måtte komme seg til banken.

Barnet åpnet ryggsekken, tok ut en bok og begynte å lese. I et minutt eller to betraktet han henne. Det var søtt, hvordan hun beveget leppene for å uttale ordene.

Han sjekket klokken. Nå som han var mer sikker på at moren ville komme tilbake som lovet, gikk han til banken.

Det var den eneste måten å hindre Abe i å komme for å lete etter ham. Hvis Abe måtte komme ut av butikken for å lete etter ham...

Han ville ikke tenke på det.

KAPITTEL 2

JENNIFER WALKER

D A HUN VAR NOEN meter unna, kastet Jennifer et blikk tilbake på datteren, som ble sittende på benken som hun hadde fått beskjed om. Hun hatet å la henne være alene der, men hadde hun noe valg etter det hun hadde gjort? Hun åpnet mobilkameraet og knipset et bilde av datteren. Bildet viste den lille jenta innrammet av den blåeste himmel og det enda blåere vannet i Ontariosjøen. Da datteren ikke ville gi seg, snudde hun seg i samme retning som de hadde kommet fra.

På veien tilbake tenkte hun på partneren Mark Wheeler. Hun hadde vært sammen med ham en stund, selv om hun visste at han allerede var gift.

For det meste, i hvert fall når de var ute blant folk eller når datteren var i nærheten, var han snill og mild.

Men det var en annen side ved ham når de var alene og sex sto på menyen. Riktignok likte hun av og til bondage, til og med litt erotisk ris. Men den erotiske kvelningen gikk for langt. Følelsen av å gå under vannet, ned, ned, ned. Å gispe etter pusten som om man aldri ville finne den igjen, var noe som skremte henne. Så denne gangen satte hun foten ned og nektet å gjøre det. Mark gjorde det på seg selv mens hun gikk for å ta en dusj. Da hun kom tilbake, var han død. Hun hadde vært for redd til å fjerne plastposen fra hodet hans. I stedet gikk hun til datterens rom og tilbrakte natten der, og tidlig om morgenen forlot de huset.

Telefonen hennes ringte, det var endelig ham. "Du må hjelpe meg", sa hun. "Jeg har ingen andre steder å henvende meg."

"Er det Mark?" spurte vennen hennes, som også var Marks sjåfør, Poncho.

Hun hulket. "Ja."

"Ok, jeg kommer straks. Jeg er et kvarter unna. Hold ut."

For å distrahere seg selv dukket et minne om Katie som nyfødt opp i tankene hennes da hun gjenopplevde den første gangen hun holdt henne. Datteren var den minste, mykeste og vakreste lille engelen hun noensinne hadde sett. Hun vokste opp så fort. Jennifer hatet å forlate datteren alene i vannkanten, men de måtte kvitte seg med liket. Særlig med Marks forbindelser til lokalsamfunnet og narkotikamiljøet. Selv om hun fortalte dem sannheten, ville de aldri tro henne. Marks far hadde masse penger - og hun kunne ikke risikere å havne i fengsel. Hva ville skje med barnet hennes?

Hun lo og tenkte på hvor mange ganger hun hadde beskyldt moren sin for å gjøre dumme ting for menn som ikke var verdt det. Hun så opp mot himmelen: "Mamma, jeg er lei for det jeg gjorde, for det tar prisen." Historien gjentok seg alltid. Hun følte seg ikke bedre av å vite dette.

Slutt å bebreide deg selv, din dumme idiot, tenkte hun. Hun ville komme tilbake for å hente Katie før hun visste ordet av det. Dessuten hadde datteren en bok i sekken sin. Dukken, som de kalte Katie jr. mens datteren prøvde å finne ut hva den skulle hete, ga henne frysninger. Han hadde gitt den til henne. Hun ville skaffe henne en annen dukke og kaste den i søpla.

Jennifer var nesten hjemme nå, og fikk øye på en hvit varebil som ventet i oppkjørselen. Poncho kjørte bilen inn i garasjen, og så lukket hun den. Hun gikk inn gjennom ytterdøren og slapp Poncho inn i håp om at den nysgjerrige naboen på den andre siden av gaten var opptatt med noe annet.

KAPITTEL 3

KATIE

ETTER å HA LEST boken for dukken sin to ganger, la Katie den bort. Hun så på måkene som fløy opp, og så ned igjen så raskt at nebbene deres stakk ned i vannet. Noen ganger kom de opp igjen med en liten fisk i nebbet. Hun applauderte når dette skjedde. Flere ganger stoppet forbipasserende opp for å se hva hun klappet for, og klappet sammen med henne. Katie følte seg mindre alene når dette skjedde.

"Hun er så søt", sa et ungt par til henne. Siden de var fremmede, sa hun ingenting, men fortsatte å se på måkene.

Tiden gikk, solen beveget seg litt etter litt nedover himmelen, og en politimann stoppet opp. "Er alt i orden?"

"Ikke snakk med fremmede", sa morens stemme i hodet hennes. Men han var politimann. Han var en man kunne stole på i vanskelige tider. "Jeg venter på mamma. Hun kommer tilbake om et øyeblikk."

Politimannen må ha trodd henne, for han løftet på hatten og gikk videre.

"Takk," sa hun og håpet å se moren komme gående mot henne. Hun lukket øynene og åpnet dem igjen, i håp om et annet resultat. Men lykken uteble.

Katie la den røde kjolen flat foran. Hun løftet litt på ermet der strikken klemte henne og etterlot seg et merke. Hun gynget frem og tilbake. Bare bevegelsen fikk ankelpartiet på sandalene til å stramme seg, så hun sluttet å bevege beina.

I går kveld hadde Mark og mamma puttet henne i sengen. Så hørte hun lyder. Når de var høye - ropte - var det skummelt, men ikke skummelt nok til å hindre henne i å sovne.

Mammaen hennes sa alltid: "Katie, du kan sove gjennom en tornado." Dette fikk henne til å le.

Da de dro hjemmefra i morges, sa mamma at Mark hadde sovet lenge. Derfor måtte de kle på seg og komme seg ut av huset i en fart.

Da gardinene beveget seg over gaten, sa Katie: "Hun leter igjen, mamma."

"Ikke tenk på den nysgjerrige gamle flaggermusen," sa moren og trakk datteren med seg, mens dukken gikk i baktroppen.

Mark var ikke Katies egentlige far, men han kom ofte på besøk. Noen ganger kjøpte han ting til henne, som dukken hennes. Når han var i nærheten, var moren hennes lykkelig, til å begynne med. Så dro han bort, og moren sa at han aldri ville komme tilbake. Men det gjorde han alltid.

Den lille jenta levde i en konstant tilstand av forvirring. Menn kom og gikk. Likevel elsket hun dukken som var tvillingen hennes.

Problemet var hva hun skulle kalle henne. Hun kunne ikke kalle henne Katie Two, for tvillinger har ikke samme fornavn. Selv om hun hadde hatt henne en stund, forble dukken fortsatt navnløs.

Barnet savnet ikke å ha en far mesteparten av tiden. Det er ikke ofte barn savner noe de aldri har hatt. Helt til samfunnet minner dem på det - for eksempel en farsdagslunsj på skolen.

"Vil du være pappaen min på skolen under farsdagslunsjen?" spurte Katie Mark.

"Det vil jeg gjerne, kjære", svarte han.

"Men Mark er en travel mann", sa moren hennes.

Da farsdagen kom, var Katie det eneste barnet som ikke hadde noen far. Andre barn uten fedre hadde med seg bestefedre, brødre eller onkler. Katie, som heller ikke hadde noen av disse, var enda mer fortvilet.

Da Katie brast i gråt ved middagsbordet, ringte moren til rektor. Hun krevde at skolen skulle forby farsdagsarrangementer helt.

Katie ville ikke at alle skulle avlyses. Alt hun ønsket var inkludering. Hvis Mark hadde vært der, ville alt ha vært i orden for alle.

En måke sveipet i nærheten. Fuglen bæsjet midt på klaffen og etterlot seg en suvenir. Den sprutet over barnets og dukkens kjoler. Katie tørket først tårene bort fra øynene sine. Så gjorde hun det samme med dukken.

Hun ønsket at moren skulle skynde seg tilbake.

KAPITTEL 4

BENJAMIN

D ET VAR SENT på ettermiddagen, og Benjamin var på vei til banken. Han kastet et blikk i retning vannkanten: Barnet var der fortsatt! Han hadde hatt rett i sin første magefølelse - moren var en skammelig forelder. Å etterlate en liten jente helt alene ved vannkanten hele dagen var å svikte henne.

Han skyndte seg videre til banken. Han måtte bli kvitt dagens inntekter før banken stengte. I stedet for å risikere å vente, satte han pengene inn i automaten og gikk tilbake for å se til den lille jenta.

Abe hadde allerede sendt ham to meldinger og spurt hvor du var.

Først hadde han syntes det var spennende å introdusere Abe for teknologi, men nå var det en plage. Ikke at Abe mistrodde Benjamin. Faktisk var mannen og kona hans Benjamins foresatte. Selv om Abe drev med salg av varer til publikum, var han ikke et menneske.

"Jeg trenger to t/c av noe først", svarte tenåringen.

"Okie, dokie," svarte Abe. "Må få kona ut av kjøkkenet for å hjelpe til!"

Han humret før han sendte en passende emoji mens han gikk tilbake for å se til den lille jenta.

KAPITTEL 5

KATIE

KATIE BLE SITTENDE på parkbenken. I horisonten kunne hun se at solen var i ferd med å gå ned. Det begynte å bli sent. Moren hadde glemt henne - igjen. Barnet måtte tisse og vurderte å gå hjem. Hun kjente veien, men hadde ingen nøkkel. Hun skulle ønske hun hadde tatt på seg joggeskoene sine, eller sandaler som ikke klemte så mye.

Hun ville ikke være ute når det ble mørkt. Selv nå så hun for seg skygger som dannet seg rundt henne, laget av skyenes refleksjoner. Da en kråke kråket, hoppet hun til og skalv. En marihøne krøp opp på benet hennes, opp på kjolen. Hun løftet den opp til fingeren og lot den vandre oppover armen, til den etterlot seg en gul stripe.

"Det er i orden," hvisket hun til insektet, "alle tisser." Hun satte det vakre, røde insektet fra seg på benken, og så fløy det av gårde.

Det rumlet i magen, og hun rotet i vesken og fant frem en smeltet mini-Kit-Kat. Det smakte så godt, men hun ønsket virkelig at det ikke var en mini, og håpet at moren snart ville komme tilbake.

Barnet lot som om hun matet dukken, og gikk så tilbake til lesingen.

Hun hadde lest boken så mange ganger at tankene hennes vandret tilbake til tidligere på dagen, da moren hadde fortalt henne at hun ikke skulle på skolen i dag.

"Hvorfor ikke?" spurte hun. "Jeg vil gå på skolen."

"I dag skal vi gå til vannkanten. Vi skal se på fuglene og høre på bølgene, og senere skal vi gå på kafé og kjøpe babychinos."

"Jeg er ikke en baby lenger," protesterte Katie.

"Jeg vet det, men elsker du ikke fortsatt Baby Chinos?"

Den lille jenta skjøv haken frem og tenkte på Baby Chinos. Nå var hun en stor jente, og når mammaen kom for å hente henne, ville hun bestille en ekstra stor jordbærmilkshake i stedet.

"Det kommer til å bli så gøy!" morens stemme runget i ørene hennes.

"Så gøy", gjentok barnet. Så begynte tankene å vandre: "Kan jeg ta henne med?" hadde Katie spurt. Dette var en henvisning til dukken hennes.

"Ja, det kan du, så lenge du bærer henne hele veien dit og hele veien tilbake. Og husk at du skal ha på deg ryggsekken også."

"Ok, mamma, det skal jeg gjøre." Katie stakk armene gjennom ryggsekkstroppene og la armene rundt livet på dukken.

Over henne tutet en V-formet gruppe kanadagjess over himmelen. Hun la merke til at solen hadde gått litt mer ned. Hun grøsset og tok dukkens hånd i sin da fottrinn nærmet seg. De tilhørte en person som, da hun så ham, skjønte hun at han verken var gutt eller mann - han var et sted midt imellom.

Hun la armene rundt seg selv. Solen sank lenger ned, og hun ønsket at hun hadde hatt en genser eller en kåpe. Hun observerte at gutten/mannen ikke hadde noen av delene. Den svarte t-skjorten hans hadde en stein foran, og under den sto det ZOOM! som minnet henne om tv-serien med samme navn. Gutten/mannen hadde en gyllen brunfarge i ansiktet og på armene. Han hadde svarte jeans og joggesko.

Mørket var på vei, og hun ønsket at moren skulle komme tilbake og ta henne med hjem igjen. Inntil da ønsket hun at gutten/mannen skulle si noe, hva som helst til henne.

Selv om hun ikke skulle snakke med fremmede, ville lyden av en annens stemme trøste henne når hun følte seg slik. Men gutten/mannen hadde sannsynligvis blitt fortalt det samme - ikke snakk med fremmede.

Den andre tingen var at hvis han snakket med henne, ville hun sannsynligvis gråte. Hun ville ikke at han skulle tro at hun var en baby, for da ville han ringe politiet og få vite at det ikke var første gang moren hennes hadde glemt å hente henne.

Hun tok opp boken sin og brukte den som en vegg, slik at gutten/mannen ikke skulle se tårene hennes.

KAPITTEL 6

BENJAMIN

HAN GIKK FORBI FOR å se om hun ville snakke med ham, hun hadde ikke sagt et ord, men hun så så trist ut, og så gjemte hun seg bak boken sin. Han fortsatte å gå, og så gjemte han seg i buskene bak henne, slik at han kunne holde øye med henne uten at hun visste det.

En gang, husket han, da han og de andre barna lekte ute, hadde det gått en mann forbi. Han hadde stoppet og snakket med en av jentene, så hadde han kommet tilbake i bilen sin og forsøkt å lokke henne med inn. Benjamin løp og fortalte fosterforeldrene hva som hadde skjedd. Han husket til og med registreringsnummeret, slik at de kunne anmelde det til politiet.

Det var en av de få gangene de hadde lyttet til ham, og han og de andre barna fikk forbud mot å leke i hagen.

Den lille jenta var i en forferdelig situasjon, og snart ville det bli enda verre når det ble helt mørkt. Det var riktignok en gatelykt i nærheten av benken, men den gjorde henne mer sårbar. Hun var like iøynefallende som et fyrtårn i storm.

Han strøk hånden mot den eviggrønne busken. Den søte lukten av jul vekket minner fra forgangne tider. Som den første julen hjemme hos Abe og El. De hadde gitt ham flere gaver enn han hadde fått i alle julene sine til sammen.

Han ristet på hodet og lurte på om han burde ringe politiet? Nei, han ville vente litt til. Han ville ta feil. Han ville at moren skulle komme tilbake og hente henne. Han bestemte seg for å gi henne litt mer tid.

Han skilte grenene, de krafsende nålene fikk det til å klø.

Benjamins mor og far ville aldri ha latt ham være alene på denne måten. Ikke med vilje. De døde da han var liten, gjorde ham foreldreløs - uten at det var deres egen feil. Ulykker skjedde, ja, han visste om ulykker. En ulykke ville forklare alt.

Den lille jenta frøs, og hun hutret mens solen sank lavere og lavere i horisonten.

Han hadde ingen kåpe å tilby henne, så alt han kunne tilby var et vennlig ansikt, men først måtte han tenke ut en plan A. Og når han hadde det klart for seg, trengte han en plan B.

Hun satte seg på huk bak buskene for å tenke.

KAPITTEL 7

KATIE

S US, SUS, HØRTE HUN da vinden kilte i trærne mens dag ble til natt. Hun hørte lyder bak seg, men hun var redd for å snu seg. I stedet tok hun tak i dukkens andre hånd og holdt begge mot brystet.

Hun husket en gang da moren hadde bestemt seg for å gi henne en lærepenge. De hadde vært på kino. Hun sa at hun ville kjøpe mer popkorn.

"Ikke snakk til noen, og ikke snu deg."

"Ok, mamma."

Det Katie ikke visste, var at moren fulgte med på henne fra bakerste rad. Hun og en annen mann, ikke Mark, ventet til hun snudde seg.

"Ha!" kjeftet moren.

"Ah, la henne være i fred," hadde morens date sagt da Katie brast i gråt.

Senere forlot han teateret, og de måtte ta en taxi hjem.

Katies mor lovte at de aldri skulle leke den leken igjen. Hun slo armene rundt seg selv.

KAPITTEL 8

BENJAMIN

ETTER AT HAN HADDE utarbeidet plan A og B i tankene, tenkte han på hva han skulle si. "Alt kommer til å ordne seg", hvisket han til seg selv. Nei, det hørtes banalt ut. "Jeg skal ta deg med til et trygt sted," hvisket han, ville det skremme henne? Han var tross alt en fremmed. Det var en vanskelig situasjon, og han ville ikke si noe galt.

Samtidig måtte han tenke på sin egen sikkerhet også. Han var tenåring, sent ute, i en offentlig park. Han passet på en liten jente - for å forsikre seg om at hun ikke kom til skade. For andre kunne hans tilstedeværelse bli misforstått.

For ikke å snakke om at gutter alene på offentlige steder kunne havne i alle slags situasjoner. Særlig hvis en flokk

av gutter kom og ville overfalle ham eller lage bråk.

En gang for lenge siden hadde han blitt forfulgt av en slik mobb - og bare sluppet unna fordi han løp fortere. Bare det å tenke på det nå brakte tilbake alle redslene. Han slo armene rundt seg selv.

Han satte en tidsbegrensning. "Hvis ingen kommer for å hente henne om tretti minutter", hvisket han, "så skal jeg snakke med henne.

Da de tretti minuttene var gått, gikk han gjennom planene. Plan A: Han ville tilby seg å følge henne hjem. Plan B: Hvis hun ikke visste adressen sin, ville han tilby seg å kjøre henne til politistasjonen. Uansett ville han ikke forlate havnefronten før dette stakkars lille, forlatte barnet var et trygt sted.

KAPITTEL 9

KATIE

HUN SATTE SEG RETT opp og ble vekket av fottrinn i det fjerne. Høye hæler. Hjertet hennes svulmet opp. Endelig kom moren tilbake for å hente henne!

Hun løftet dukken og så opp på gatelyset over seg. Hun forestilte seg at lyset strømmet ned og varmet henne. Hun skulle ønske hun hadde tenkt på det før, for nå frøs hun ikke lenger. Fantasien var en magisk ting; man kunne alltid tenke bort vonde ting.

Hun husket de andre gangene moren hadde forlatt henne. En gang hadde hun vært det eneste barnet som var igjen på skolen på slutten av dagen. En av lærerne hadde lagt merke til det og tatt henne med inn til rektor, som om hun selv hadde gjort noe galt. Det hadde hun ikke.

Senere, da moren kom for å hente henne, ble rektoren sur.

Ved andre anledninger hadde moren forlatt henne i lengre perioder sammen med folk hun kjente. Denne gangen var det annerledes. Hun var helt alene.

De høye hælene klikket nærmere.

KAPITTEL 10

BENJAMIN OG KATIE

B ENJAMIN RASTE I DEN eviggrønne busken og iakttok den lille jenta. For ham var hun som en lillesøster, selv om de ikke hadde møtt hverandre før. Han var klok for sin alder. I fostersystemet måtte han beskytte andre. En gang eller to hadde han måttet sette seg selv i fare fordi ingen ville høre på ham. Han kikket på telefonen og trakk pusten dypt. Den andre halvtimen var over. Så skulle han gå til henne.

Hælene klirret på fortauet.

Han stakk hodet ut av buskene og viftet bort en gren. Han ville se den etterlengtede lykkelige gjenforeningen. Denne kvinnen var ikke moren. Hun fortsatte å gå.

Han sukket.

Helt til kvinnen snudde seg og gikk bort til den lille jenta på benken. Hun bøyde seg ned og hvisket noe.

"Beklager, men jeg har ikke lov til å snakke med fremmede", sa Katie og lente seg tilbake.

Kvinnen luktet som om hun hadde badet i den stinkende rødvinen som mamma og Mark drakk i fancy glass. Hun brukte fingrene til å holde seg for nesen.

"Jeg heter Jenny", sa hun. "Hva heter du?"

Hun sa ingenting, men fortsatte å holde seg for nesen for å holde lukten unna.

"Du er for ung til å være her ute helt alene. Hvor er foreldrene dine?" Kvinnen så seg rundt og hvisket: "Kom og si meg hva du heter, så er vi ikke fremmede lenger."

Benjamin hørte ingenting, før kvinnen sa: "Reis deg!"

Og med ett var han der, som om en granat var blitt sluppet.

Kvinnen, som het Jenny, strakte ut hånden og prøvde å tvinge Katie til å ta den, men hun holdt seg fortsatt for nesen med den ene hånden og holdt seg fast i dukken med den andre.

"Der er du jo!" sa han og viftet med pekefingeren mot henne. "Jeg sa jo at du skulle telle til ti og så komme og finne meg!"

"Jeg," sa hun, "jeg er lei for det."

"Tut", sa kvinnen som het Jenny, mens hun rotet i vesken sin og tok frem telefonen. Hun satte den til øret, begynte å snakke og gikk sin vei. I mørket hørtes lyden av skoene hennes.

"Kan jeg vente her sammen med deg?" spurte han. Hun nikket, og han satte seg på benken ved siden av henne. Da

lyden av de klikkende hælene ikke lenger kunne høres, sa han: "PU, nå vet jeg hvorfor du holdt deg for nesen!"

"Lukten er ille, men det smaker enda verre."

"Har du smakt vin?" spurte han.

"Én gang, men det er en hemmelighet. Mamma vet det ikke."

"Hemmeligheten din er trygg hos meg," sa han. "Skal jeg følge deg hjem?"

"Jeg venter på mamma. Hun kommer og henter meg snart." Stemmen hennes vaklet, og hun så på føttene sine.

"Er det noen jeg kan ringe til for å hente deg? Noen i det hele tatt?"

"Nei, mamma kommer alltid."

"Da har du vel ikke noe imot at jeg venter her sammen med deg?"

"Som du vil," sa Katie.

De tre satte seg sammen på parkbenken. En lyshåret liten jente med en dukke og en mørkhåret tenåring.

"Hva heter du?" spurte hun. "Jeg heter Katie."

"Jeg heter Benjamin, men du kan kalle meg Benji, hvis du vil."

"Jeg så en film en gang med en liten hund som het Benji. Han så rufsete ut, akkurat som deg."

Han børstet seg i håret med fingeren.

"Å, det var ikke meningen," sa hun. "Jeg mener, du ser ikke så rufsete ut."

Han lo, og det gjorde hun også. En stund lyttet de til bølgene som slo mot klippene og så på stjernene som danset på himmelen over dem.

Hun skalv.

"Å, du er kald. Jeg skulle ønske jeg hadde en frakk å gi deg."

"Det spiller ingen rolle, det er tanken som teller."

"Du har rett, det er tanken. Men det er også handlingene og intensjonene bak tankene som inspirerte dem. Det jeg mener, er gjennomføringen. Forstår du hva jeg mener?" Hun nikket.

De satt stille sammen et øyeblikk før Benjamin tok ordet igjen.

"Visste du at du kan tenke det motsatte av hva du føler, og forandre alt?"

"Jeg vet at fantasi er makt," sa hun med et hevet øyenbryn. "Men hvordan?"

"Å, du er skeptiker?"

"Er jeg det?" Hun nølte. "Hva er jeg?"

"En skeptiker er en person som ikke tror på det hun har hørt - med mindre hun har bevis. Vil du at jeg skal vise deg hvordan du kan forandre alt?"

Hun smilte: "Ja, vær så snill!"

"Når jeg fryser, synger jeg en sang i hodet mitt som er det motsatte av å fryse ..."

"Du mener varm?"

Han nikket.

"Jeg kan ingen varme sanger."

"Hvis du ikke kan en varm sang, kan du finne på en slik:

Det er latterlig varmt ute i dag,

Iskremen min smelter.

Mens solen skinner ned

Når solen skinner ned på meg.

Sjokoladen når den smelter.
Smaker enda bedre
Når solen skinner ned
Når solen skinner så varmt ned."

"Jeg kan melodien, men den har en annen tekst," sa hun.

"Å, du skjønte at jeg sang ordene mine til Frère Jacques."

"Det er veldig smart," sa hun.

"Føler du deg varmere nå?"

Hun hadde sluttet å skjelve, og gåsehuden på armene hadde forsvunnet. "Det virker!"

De fortsatte å synge sangen sammen, til melodien av Frère Jacques. Snart ble de begge sultne av å synge om mat.

"Kan du plystre?" spurte han.

Hun så på føttene sine. "Nei, men jeg trenger ikke å vite hvordan - ikke hvis jeg kan teksten."

"Det er sant," sa han.

De gikk tilbake til å se opp mot himmelen. Da hun fant mannen i månen, lot hun som om hun

hun brøt av et stykke ost fra ansiktet hans. Hun tilbød Benji en bit først.

"Dette er den beste osten jeg noen gang har smakt."

Hun tok en bit til. "Jeg er så mett," utbrøt hun med et sukk."

De var stille en liten stund.

"Hvor langt unna bor du?"

"Det er ikke langt, men med disse sandalene på - de klemmer - kan det virke sånn. Dessuten har jeg ikke nøkkel."

"Å, ja, jeg ser at anklene dine ser røde ut."

"Dessuten har mamma sagt at jeg ikke skal bevege meg herfra."

Han la armene i kors. "Greit, vi venter, men det er ikke trygt for oss å bli her så mye lenger."

"Hva med moren og faren din?" spurte hun, som nå begynte å kjenne kulden igjen og sang den solfylte sangen i hodet.

"De er i himmelen."

"Jeg er lei for det," sa hun og klappet hånden hans.

"Det er i orden, det skjedde for mange år siden." Han var stille og sang den solfylte sangen i hodet sitt. "Jeg har en idé. Du kan komme hjem til meg. Du kan sove i sengen, og jeg kan sove i den store, behagelige stolen. Vi kan komme tilbake i morgen tidlig og vente på moren din."

"Når mamma kommer tilbake, blir hun sur hvis jeg har beveget meg en tomme."

"Jeg skal forklare alt. Hun vil at du skal være et trygt sted. Du vil være trygg hos meg."

"Å," sa hun og kikket seg rundt. "Det er mørkt her."

"Ja, og når det er sent og mørkt - ja, da kan man være på feil sted til feil tid. Forferdelige ting kan skje."

Hun la armene i kors, nå frøs hun igjen.

"Jeg mener ikke å skremme deg, men jeg tror jeg skal ta deg med hjem. Kanskje moren din allerede er der og venter."

"Jeg tror ikke det, men ..."

"Det er verdt et forsøk," sa han og reiste seg. "La oss se hva dukken din synes." Han tok noen skritt og lente seg inn, som om dukken hvisket i øret hans. "Å ja," sa han. "Jeg vet det, men moren til vennen din ville sikkert forstå det. "Hmm. Ja."

"Hva er det hun sier?"

"Hun vil også hjem. Det har vært en forferdelig lang dag." Så til dukken: "Men Katie har veldig vondt i føttene, så vi må etterlate deg her, så jeg kan bære henne hjem."

"Vi kan ikke etterlate henne her. Hun er min beste venn."

"Og en god venn er hun, som holder deg med selskap her hele dagen."

Han så på telefonen, batteriet ville snart gå tomt. Han kunne ikke bære både henne og dukken på ryggen. Skulle han ringe nødtelefonen og få politiet til å komme og hente henne? Å gå til politistasjonen var et alternativ, men det var et godt stykke å gå.

"Vet du veien hjem til deg?"

"Jeg tror det."

"Ok, Katie, så jeg foreslår plan A."

"Hva er plan A?"

"Plan A er at jeg kjører deg hjem, så du slipper å gå og få enda mer vondt i føttene. Hvis mammaen din er hjemme, kommer jeg tilbake og tar med dukken din til deg. Høres det greit ut for deg?"

"Ja, jeg liker plan A."

"Nå plan B," sa han. "Hvis du har en plan A, bør du alltid ha en plan B også."

Hun løftet armene over kors og nikket.

"Plan B, bare hvis mamma ikke er hjemme, kan gå både den ene og den andre veien."

"Hvilken vei vil jeg like best?" spurte hun, og ventet på at han skulle svare.

Han vurderte alternativene på nytt. Skulle han ringe politiet, eller ta henne med hjem og komme tilbake i morgen tidlig? Han forklarte.

"Uansett må jeg vel etterlate dukken min her?"

"Hva om vi gjemmer henne der borte i den eviggrønne busken? Det blir som om hun venter på deg under juletreet! Så kan vi komme tilbake i morgen tidlig og hente henne. Da vil hun lukte som jul, og hun kan fortelle deg alt om eventyret sitt."

Hun lente seg frem, og dukken hvisket noe. "Ok," sa hun.

En del av ham håpet at moren ville være hjemme. Den andre var bekymret for å etterlate henne med en mor som ikke brydde seg om å hente henne. Han hørte Els stemme i hodet. "Ikke døm," hadde hun sagt. Som alltid ville El - håpet han - få rett.

El var gift med Abe. De var hans foresatte, hans utleiere og hans arbeidsgivere. Siden han sluttet på videregående skole, hadde han tilbrakt mesteparten av tiden sin sammen med dem, og han visste at de ville forstå - og ville hjelpe.

Benjamin sveipet armen ned og bukket for henne. "Frue, er du klar til å bli transportert hjem?"

"Jeg glemte noe", sa hun, med leppen i en surmuling.

Han hevet øyenbrynene: "Hva har du glemt?"

"Jeg skal ikke snakke med fremmede."

"Ja, men vi er ikke lenger fremmede. Du vet hva jeg heter, og jeg vet hva du heter, og jeg er glad for å kunne tilby deg transport tilbake til ditt beskjedne hjem." Han gikk ned på ett kne.

"Reis deg!" kommanderte hun fnisende mens hun stilte seg opp på benken. Benji snudde seg rundt, og hun kastet armene rundt halsen hans, og snart var de på vei.

"Vent litt," kommanderte hun og pekte på dukken.

"Ups," sa Benji og plukket opp dukken. Han gjemte den under de eviggrønne buskene.

"Du har rett," sa Katie. "Det lukter virkelig jul her."

"Er du klar til å gå nå?"

Etter at hun hadde fortalt hva det var, tastet Benjamin inn Katies adresse på telefonen sin.

Hun fniste. "Har du noe imot at jeg stiller deg et spørsmål?"

"Nei, bare gjør det."

"Det er personlig, om mammaen og pappaen din."

"Det er greit, det skjedde for lenge siden. Spør i vei."

"Mamma sier alltid at jeg ikke skal bli for personlig."

"Det er greit for meg."

"Snakker du med dem?"

Han ble overrasket. Ingen hadde noen gang stilt ham det spørsmålet. "Nei," svarte han.

"Aldri?"

"Nei."

"Snu deg her igjen." Han snudde seg. "Tror du ikke de er ensomme uten deg?"

"Jeg..." Han visste ikke hva han skulle svare, så han lot være å svare på noen minutter. "De forlot meg, alene. Det var et uhell, men..."

"Du snakker ikke med dem fordi du tror at ulykken var deres feil?" Hun holdt seg fast og hvilte hodet mot skulderen hans.

"Jeg er ikke sint på dem. De forlot meg ikke med vilje, men ja, jeg er sint."

"På Gud?"

"Jeg var sint på alle, men så møtte jeg Julius. De tok meg til seg og ga meg et hjem. De hjalp meg med å bygge opp et nytt liv. Til å bli en del av en familie igjen. De sa til og med at det var greit å gråte. Som gutt var jeg ikke vant til at det var greit. Du er ei lita jente, så jeg burde ikke legge mine problemer på deg. Jeg synes vi skal snakke om noe annet."

Den lille engelen sa ingenting på noen minutter. Hun sov tungt.

Han fant snart ut at hun hadde rett når det gjaldt avstanden. Det hadde ikke vært så langt i det hele tatt.

Det første han la merke til med en gang, var at huset hennes lå i totalt mørke. Han hadde håpet at han i det minste skulle se lyset på verandaen for å ønske barnet velkommen hjem. I stedet var det også bekmørkt, og han hadde vanskelig

vanskelig å finne dørklokken. Han ringte på et par ganger, men som han hadde forventet, var det ingen som svarte.

Han gikk et skritt tilbake og lot blikket gli over alle de omkringliggende husene på begge sider av gaten. Også de var innhyllet i mørke, selv om han et øyeblikk trodde han så en gardin bevege seg i toppetasjen i huset på den andre siden av gaten. Han hadde ikke noe annet valg, så han gikk tilbake samme vei som han kom.

Lille Katie var ikke tung, men hun ville bli tyngre etter hvert som tiden gikk, og det var fortsatt en lang spasertur hjem til ham. Men han var veldig glad for at han ikke hadde gått med på å slepe med seg dukken. Han håpet den ville være trygg nok der den var.

Hun løftet hodet: "Har du lagt merke til det?"

"Hva?"

"Noen ganger beveger gardinen seg over gaten. Mamma sier at vi har en nysgjerrig nabo."

"Å, jeg har ikke lagt merke til noe. Men er de snille naboer?"

"Det vet jeg ikke. Mamma sier alltid at jeg ikke skal snakke med fremmede."

"Til og med naboene dine?"

"Ja, spesielt de nysgjerrige naboene våre."

"Ok, Katie, da tror jeg vi går over til plan B nå."

Hun gjespet. "Plan B."

"Ja, frue," sa han og satte opp farten. Hun snorket mot skulderen hans da en sirene gikk av. Han lukket øynene da støv og papirbiter ble pisket opp av vinden. En hund bjeffet i det fjerne.

Hun løftet hodet da de ankom Julius' inngangsdør. "Vi er her," sa han, "men hysj, El og Abe sover.

Leiligheten min ligger rett der oppe." Han pekte opp trappen. Da de nådde toppen, snorket hun høylytt. Han tok av henne sandalene som klemte, og la henne i sengen.

Hun halvsov. "Jeg må tisse", sa hun.

Han viste henne hvor toalettet var og gikk deretter inn i kjøkkenkroken hvor han gjorde i stand ristede ostesmørbrød og varm kakao til dem.

"Hvor er du, Benji?" spurte hun da hun kom ut fra badet.

"Her," sa Benjamin og bar smørbrødene og kakaoen på et brett.

Etter å ha spist gjespet Katie det største og bredeste gjespet, og la seg til å sove. Han puttet henne og merket at hun allerede sov tungt.

Han tok av seg skoene og sokkene og kastet et teppe over seg på den behagelige stolen. Også han sovnet i løpet av kort tid.

KAPITTEL 11

BENJAMIN OG ABE

OM MORGENEN, DA DET første glimtet av lys tittet inn gjennom gardinene, våknet Benjamin. Han strakte på seg og glemte for et øyeblikk hvorfor han sov på den behagelige stolen. Teppet rullet av ham og traff gulvet i en klump. Han reiste seg, og selv om han var en ung mann, verket kroppen hans. Han måtte gi stolen et nytt navn, for han betraktet den ikke lenger som en godstol.

Han ristet ut smertene, og så falt blikket hans på Katie. Han hvisket navnet hennes, selv om hun snorket. Som om hun visste at han tenkte på henne, løftet hun hånden. Han tenkte at hun måtte drømme om skolen. Hun mumlet noe uhørbart, senket hånden og snudde seg mot vinduet og sovnet igjen.

Benjamin lot henne sove videre, og lot døren stå på gløtt slik at han kunne høre henne hvis hun våknet.

Mens han beveget seg bort fra døren hennes, lurte han på om hun var den typen barn - slik han selv hadde vært - som ble redd når hun våknet på et ukjent sted. Siden hun hadde nevnt at moren ofte hadde forlatt henne hos andre - men alltid kom tilbake for å hente henne - foretrakk han å være på den forsiktige siden, bare i tilfelle.

På badet gjorde han seg i stand, og så satte han kjelen til å koke i kjøkkenkroken. Han lengtet etter en varm, søt kopp te og litt ristet brød.

Mens han ventet, tenkte han på familier, og på hvordan Katies spørsmål hadde vekket noen uløste problemer i hans sinn.

Foreldrene hans hadde dødd og etterlatt ham foreldreløs. Han innså at han klandret dem for at de hadde forlatt ham, selv om det ikke var deres egen feil. Siden han ikke hadde noen andre slektninger, havnet han i fosterhjem. Han hadde

Han hadde stengt seg inne, skjermet seg i det systemet etter at han først hadde vært i et voldelig hjem.

Etter den opplevelsen hadde han gått fra å være et sørgende barn til å bli et livredd barn. I stedet for å flytte ham til et trygt hjem, flyttet de ham videre til et enda verre hjem. Og så til et annet og et annet. Han syntes han fortjente uflaksen den gangen, men nå visste han at han burde ha vært beskyttet der. I stedet hadde han ingen å stole på, og han gikk inn i kamp- eller fluktmodus. Siden han var for liten til å kjempe for seg selv mot alle de voksne og de andre barna i hjemmene, gjorde han det siste. Kanskje var det derfor han følte behov for å klandre foreldrene sine etter så mange år, fordi han måtte klandre noen andre enn seg selv.

Etter at han hadde flyktet, tok de ham igjen og plasserte ham på et hjem der han ble mishandlet både fysisk og psykisk. I noen tilfeller foretrakk han det fysiske fremfor det psykiske. Og igjen flyktet han i håp om aldri mer å kunne stole på noen.

Så, helt tilfeldig, støtte han på El og Abe. De var ute på en kveldstur og holdt hverandre i hånden. De var gamle, kanskje dobbelt så gamle som foreldrene hans. Da han åpnet sitt hjerte for dem, ga El ham en klem. Hun ga ham mat. Abe lyttet. El inviterte ham til å komme og sove i gjesterommet deres. Siden forlot han aldri hjemmet deres, bortsett fra da han flyttet fra gjesterommet og inn i sin egen leilighet. Det var på trettenårsdagen hans.

Mens han rørte rundt i teen og tilsatte sukker, tenkte han på Katies mor. Hadde hun kommet tilbake? Ville hun fortsatt være der når Katie våknet? Han håpet at hun ville det. Han håpet at hun ville være så glad for at datteren var trygg. Så glad og lettet over at hun aldri ville forlate henne igjen. Men dårlige foreldre var alltid dårlige foreldre. Leoparder skifter ikke flekker.

Han så for seg Katies mor finne dukken gjemt i buskene. Ville hun få panikk og ringe politiet? Fingeravtrykkene hans ville være overalt. Men han

ville han ikke forandre noe selv om han kunne, for alt han ville var å hjelpe henne.

Han gikk rundt med kruset i hånden. Kanskje han burde ha tatt barnet med til politistasjonen. Nå kunne han få problemer. Selv når tenåringer fortalte sannheten - voksne trodde ikke på dem. Ikke hvis det var en annen voksen involvert.

Han tok en slurk til da noen banket på døren til leiligheten hans. Det var herr Julius, Abe, vergen, husverten og sjefen hans. "Bli med meg, hysj," sa han mens Abe fulgte etter ham opp trappen til leiligheten hans. Benjamin viste Abe et glimt av den sovende Katie. Siden hun hadde sparket av seg dynen, gikk han på tå inn og la den over henne igjen. Lydløst gikk de tilbake til kjøkkenet.

"Hvem er hun?" spurte Abe.

Benjamin nølte og lurte på hvor han skulle begynne. "Hun heter Katie, og moren hennes hentet henne ikke

ikke hentet henne ved vannkanten i går. Jeg visste ikke hva jeg ellers skulle gjøre, så jeg tok henne med hit."

Abe sa til Benjamin at han burde ha tatt henne med rett til politistasjonen.

Benjamin ristet på hodet. "Hun var for sliten og redd." Han reiste seg og tok ut den oppladede telefonen: "Jeg kan ringe dem nå."

"Vent," sa Abe. "La oss tenke på det nå som hun er her." De drakk mer te i stillhet. "Du gjorde det rette. Jeg er stolt av deg."

"Katie og jeg snakket om å ta henne med til politistasjonen i går kveld. Vi bestemte oss for å vente og gi moren en ny sjanse i morges. Og vi la igjen dukken hennes der. Den er i naturlig størrelse, en av juleimportene dere selger."

Abe smilte. "Å, virkelig? Jeg husker henne ikke, men kanskje El gjør det. Men vi er sikkert ikke de eneste som selger dukker."

"Det er sant," sa Benjamin. "Mer te?"

Abe nikket etter et øyeblikks stillhet. "Alle foreldre fortjener vel en ny sjanse, men hvis hun ikke dukker opp i morgen tidlig, ringer jeg politiet."

Benjamin skjenket mer te i koppen til Abe. Han nølte, så hvisket han. "Hvis Katies mor meldte henne savnet etter at jeg hadde brakt henne hit, ville de lete etter meg. De ville kanskje til og med arrestere meg hvis jeg dro tilbake for å hente dukken."

"Vent litt," sa Abe. "Var det noen som så deg?"

"En kvinne som prøvde å få Katie med seg."

"Og ingen andre?"

"En betjent pratet litt med henne tidligere på dagen, men han kom ikke tilbake. Han så meg ikke sammen med henne."

"Det er ingen vits i å bekymre seg for hva som kan skje," sa Abe. "Du kunne ikke la henne ligge der hele natten. Det er regelrett forsømmelse, for ikke å snakke om en forbrytelse fra morens side. Hvis du ignorerte barnet, ville du være medskyldig." Han nippet. "Selv om du gjorde det rette, er bortføringen av barnet også en forbrytelse."

Benjamin gispet: "Jeg, jeg, brakte henne hit, i sikkerhet."

Abe klappet tenåringen på håndryggen. "Jeg vet det, og det vet du også, men vil politiet tro på historien din?"

Benjamin trakk hånden bort ved å reise seg. Han begynte å gå i takt. "Når hun våkner, skal jeg ta henne med rett dit moren forlot henne. Jeg skal forklare det til moren. Hun vil forstå. Jeg skal få henne til å forstå."

Abe reiste seg også. Han tok koppen sin og skyllet den ut. "Det ville være modig. Men hva om den uaktsomme moren anklager deg for å ha tatt datteren hennes for å komme seg

ut av trøbbel? Jeg mener, hvis hun melder henne savnet. Har du tenkt på hva som i så fall ville skje?"

Benjamin satte seg ned og la hendene på hver side av hodet. "Hva skal jeg gjøre, da?"

"Dra til vannkanten og hent dukken. Hvis moren er der, er det utmerket å ta henne med tilbake hit. Hvis ikke, så kom tilbake og la meg ta meg av det sammen med sersjant Miller nede på politistasjonen. Husker du Alex Miller?"

"Ja. Takk, Abe."

"Du, hvem?" ropte El nedenfra.

"Kom og se," sa Benjamin, "kom opp." Da hun var kommet opp, satte han fingeren på leppene: "Hysj." Hun nikket, og de gikk på tå inn på gjesterommet, der Katie fortsatt sov tungt.

"Et barn. Hva i all verden?"

"Ikke vær redd, jeg skal fortelle henne detaljene. I mellomtiden," sa Abe, "drar du til vannkanten mens barnet sover. Hvis moren ikke er der, kommer du rett tilbake."

Benjamin nikket. "Takk, Abe og El. Jeg skal løpe."

Abe forklarte alt for sin kone. "Jeg er nysgjerrig på om moren har gjort noe lignende tidligere."

"Det lurte jeg også på," sa El.

I mellomtiden løp Benjamin ned til vannkanten og hentet dukken. Telefonen hans vibrerte.

"Noe tegn til moren?" Abe sendte en melding.

"Nei, men jeg har dukken. Jeg kommer tilbake nå."

Abe sendte ham en tommel opp-emoji. "Ingen tegn til barnets mor, og jeg må gjøre meg klar til butikken åpner."

"Jeg blir her hos henne," sa El. Hun satte seg i stolen mens Katie sov videre. En stund senere gikk El for å gjøre seg klar til skiftet sitt.

KAPITTEL 12

KATIE OG BENJAMIN

KATIE OG DUKKEN HENNES satt side om side i et digert pariserhjul som kjørte rundt og rundt. Da det nådde toppen, stoppet det, mens beina deres dinglet ut over kanten. Hun festet grepet rundt stangen. I et øyeblikk følte hun seg trygg og sikker. Helt til stangen løste seg opp mellom fingertuppene hennes, og bilen begynte å gynge. Bakover og forover, så fra side til side. I det fjerne hylte vinden, og så hylte en hund. Dukken begynte å skli. Hun strakte seg for å gripe tak i den, og vognen veltet, og de falt.

Hun skrek!

Da hadde Benjamin kommet tilbake. Han løp inn i rommet. "Våkn opp, Katie", sa han. "Du har mareritt."

Da hun skjønte at hun var i sikkerhet, kastet Katie armene rundt ham og holdt fast for livet. Da hun pustet langsommere, gjespet hun og sa: "Jeg er skrubbsulten!"

"Det er bra, for du er invitert til frokost med Abe og El, kom igjen."

De forlot Benjamins leilighet og gikk inn i huset. På kjøkkenet plumpet Benjamin åtte egg ned i en gryte med kokende vann. Han ba Katie om å ta seg av brødristeren, for de trengte åtte skiver.

"Jeg elsker toastsoldater!" utbrøt Katie. Da brødet var ristet, smurte Benjamin det med smør. Han skar det i strimler: perfekt størrelse til å dyppe i den rennende eggeplommen.

"Hva var det du drømte om?" spurte Benjamin. "Noen ganger er det bedre å dele en vond drøm. Hvis du vil."

"Jeg vil ikke tenke på det," sa Katie og satte seg til rette ved kjøkkenbordet.

Fru Julius, El, stakk hodet inn på kjøkkenet. "Hei," sa hun og sendte henne et smil.

Katie skjøv stolen bakover, løp bort til El og kastet armene rundt livet på den fremmede. De klemte hverandre tett, som om de hadde møttes før.

El klappet henne lenge på hodet, kjempet mot tårene, og så skysset hun henne bort til bordet.

Benjamin så på, og forstod hvordan Katie følte det. El hadde et slikt ansikt, slike øyne som det strømmet godhet og mildhet ut av. Han hadde selv fått sansen for henne på et øyeblikk, og nå gjorde Katie det samme.

"Jeg får ta med denne til butikken, så Abe kan få seg en matbit," sa El. "Du vet hvor mye han hater å jobbe alene i butikken. Lørdag er den travleste dagen vår. Denne godbiten blir en kjærkommen overraskelse."

Benjamin satte eggene i eggebegreiner på bordet.

El lukket døren bak seg på vei ut.

"Hun er en hyggelig dame, ikke sant?"

Katie strålte både med øynene og smilet. "Ja, hun er min første umiddelbare venn."

Benjamin ristet på hodet. "Øyeblikkelig venn - det er nytt for meg." Han rørte ved toppen av et av eggene, de var fortsatt for varme til å knekke opp.

Katie trakk pusten dypt inn og lukket øynene. Så åpnet hun dem igjen. "Har jeg såret deg? Fordi du og jeg ikke ble venner med en gang?"

Benjamin smilte. "Ikke i det hele tatt." Han åpnet det første egget. "Jeg bare lurte på det." Han smurte litt smør og salt på egget, knakk det andre og gjorde det samme.

"Jeg har aldri møtt bestemoren min. El, hun så ut som bestemoren i hodet mitt - det er derfor hun er en umiddelbar venn."

"Det gir mening."

El kom tilbake, og de tre dyppet brødsoldatene sine i de rennende eggene.

"Du er en virkelig god kokk", sa Katie.

Han smilte mens de ryddet opp og satte den skitne oppvasken i oppvaskmaskinen. "La oss komme oss videre. Husk at vi har ting å gjøre."

"Og steder å se," fniste hun.

"Jeg er glad for at du er her," sa El.

$$***$$

BENJAMIN KJEMMET KATIES HÅR, som han la merke til at luktet honning og kanel.

"Jeg vedder på at mamma leter etter meg. Kan vi gå og lete etter henne ved vannkanten nå?"

Med et smil gikk Benjamin ut av rommet og spurte: "Har du ikke glemt noen?" Noen sekunder senere kom han tilbake og gjemte noe bak ryggen. "Voila!" utbrøt han da han viste dukken til Katie.

Hun kastet armene rundt halsen på den og hvisket og klynket at hun hadde savnet tvillingen sin så mye. Benjamin hadde hatt rett, dukken hennes luktet som julemorgen, og det var en god ting. Det som ikke var så bra, var at hun følte seg litt fuktig på enkelte steder. Hun trakk på smilebåndet.

"Ah, du har lagt merke til at hun er litt fuktig," sa Benjamin. "Sett henne her i nærheten av ventilasjonsåpningen, så blir hun fin som ny i en fei."

Sammen plasserte de dukken i nærheten av varmeovnen, og så foreslo Benjamin "Hva sier du til å lære deg å pusse tennene med fingeren? Det er jo bare til vi får tak i en tannbørste."

Katie hvinte og hadde det gøy med å lære. Etterpå snørte Benjamin sandalene hennes.

"Mammaen din var ikke der da jeg hentet dukken i morges."

Underleppen hennes gikk ut. Den skalv.

Han så på føttene sine. "Ikke vær redd. Herr Julius, jeg mener Abe, har en venn som jobber på politistasjonen."

"Å, nei," sa Katie.

"Hva er det som er i veien?"

"De kommer til å finne det ut."

"Finner ut hva?"

"Jeg kan ikke si det, men jeg vil ikke at mamma skal havne i trøbbel."

"Ikke vær redd, vennen til Abe er en snill mann. Han vet hvordan han kan hjelpe. I mellomtiden kan du og jeg være sammen med El i dag."

Barnet nikket.

"Kanskje hun til og med lar deg hjelpe til i butikken, som en stor jente."

Katie smilte. For øyeblikket var hun distrahert fra problemene sine.

KAPITTEL 13

ABE OG POLITI SERSJANT MILLER

ABE BA KONA PASSE butikken og var allerede på vei til fots for å treffe sin venn på stasjonen, sersjant Alex Miller. Han hadde revurdert planen om å ringe ham. Et personlig besøk ville være bedre, siden de var gamle venner.

Da de møttes for første gang for mange år siden, var Alex en ung offiser og nybegynner. Abe hadde jobbet i butikken hans da to bevæpnede menn stormet inn og stjal kontantene i kassaapparatet. Abe slapp unna med et lite slag i hodet. Han var så takknemlig for at kona hadde gått til grossisten den dagen.

Etter å ha kontaktet politiet, sendte de Alex sammen med en eldre betjent. Den eldre betjenten foreslo at Abe burde ansette noen til å holde vakt ved døren. Han sa at det

var enten det eller å betale for et dyrt sikkerhetssystem. Abe hadde ikke råd til noen av delene. De fylte ut en rapport og gikk, men Alex kom tilbake. Han tilbød seg å jobbe svart - mot betaling. Som ung betjent fikk han ikke mange timer.

Abe gikk med på å betale Alex to timer om dagen, og de ble venner. Noen måneder etter at de hadde begynt å jobbe sammen, ble det innbrudd i en annen butikk på samme gate som Abes. Alex pågrep begge gjerningsmennene på egen hånd. Senere identifiserte Abe dem i en konfrontasjon, og skurkene ble sendt i fengsel.

Etter det begynte Alex å stige i gradene. Han og Abe holdt imidlertid kontakten, og da Alex giftet seg, var han og El til stede. Da de fikk sitt første barn, ble han og El invitert til dåpen. En liten jente ble etterfulgt av to gutter - tvillinger. I årenes løp deltok Abe og El på jul og høsttakkefest i Millers hjem.

Da Benjamin kom inn i livet deres, og Alex ble forfremmet til sersjant, mistet de kontakten med hensyn til

familieanliggender, men de klarte likevel å møtes innimellom over en kopp kaffe.

Da han ankom politistasjonen, spurte han i resepsjonen om å få treffe sersjant Miller, som han fikk beskjed om at ikke var tilgjengelig. Abe ble sittende på venterommet en kort stund, helt til han fikk øye på en plakat med bilder av barn på den andre siden av rommet. Savnede barn.

Abe gikk inn for å ta en nærmere titt etter å ha pusset brillene sine. Ingen av barna hadde langt, blondt hår. Han var fornøyd med at barnet Katie ikke var blant dem på plakaten, og satte seg ned igjen.

Betjent Miller ankom, og de to vennene håndhilste. Miller foreslo at de skulle gå bort fra stasjonen til en kaffebar i gangavstand. "Der blir vi ikke forstyrret, og jeg kunne trenge en pause."

De satte seg i en kafébås, og Abe spurte hvordan alle hadde det hjemme.

"Det er en stund siden sist, gamle venn, ikke sant? De har det bra, takk", sa Miller. Han åpnet telefonen og viste Abe en kort video fra tvillingenes avslutningsseremoni på high school. "Henry vil bli lege", sa Alex stolt. "Jimmy vil bli advokat." Han bladde gjennom flere bilder og stoppet så opp. "Og Jenny, hun og Will har nettopp gitt oss vårt første barnebarn. Hun er litt av en skjønnhet." Han lot bildet ligge åpent slik at Abe kunne se på det, og gikk tilbake til å tilberede kaffen ved å tilsette to fløter og søtningsmiddel.

"Å, hun er litt av en søtnos. Gratulerer til deg og din kone med å bli besteforeldre for første gang." Han nippet til kaffen. "Å, og lege er et respektert yrke, og det er det også å bli advokat. Begge er tryggere karrierevalg enn det du har gjort." Han lo og rørte om i kaffekoppen.

"Det er helt sikkert," sa Alex seg enig og tok en slurk. Den sterke kaffen sved i leppen, men han tok likevel en slurk til.

"Verden blir farligere og farligere", fortsatte han, "og jeg håper å kunne pensjonere meg en gang i en ikke altfor fjern fremtid. Dessuten vil jeg ikke bekymre meg for at sønnene mine skal sette livet på spill når jeg endelig kan slappe av."

De to vennene nippet og dyppet smultringene i kaffen.

"Hva er det som får deg til å komme ned til meg i dag?" spurte Alex og kikket på klokken. "Jeg håper at kona di ikke skaper problemer for deg."

Abe smilte. "Nei." Han nølte. "Jeg har en venn."

"Å, nei, ikke "jeg har en venn"-knebelen."

Abe fortsatte: "Jeg har en venn," smilte han, "som er i litt trøbbel."

"Fortell meg mer."

"Han fant et barn som satt alene ved vannkanten i går kveld. Forlatt av moren sin. Han tok henne med seg i sikkerhet."

"Vennen din er en god samfunnsborger," sa Alex. "Så hvordan kan jeg hjelpe i dette scenariet?"

"Vennen min lurer på om han kan få problemer fordi han blandet seg inn i situasjonen. Han er mindreårig, og barnet var for traumatisert til å ta henne med til politistasjonen. Hvis vennen min meldte fra nå, ville han få problemer fordi han utsatte anmeldelsen?"

Alex vurderte saken. "Hvor godt kjenner du denne gutten?"

Abe satte seg oppreist: "Husker du Benjamin?"

Alex drakk ferdig kaffen sin. Servitrisen kom tilbake og spurte om de ville ha noe mer. Da de takket nei til alt unntatt regningen, ryddet hun bort krusene.

"Å, ja, jeg husker ham. En hyggelig, veloppdragen gutt som setter pris på hvor heldig han er som er medlem av familien din."

"Han har alltid vært som en sønn for oss," sa Abe. "Og apropos familie og barn, så lurte jeg på noe."

"Jeg lytter."

"Jeg så et program forleden kveld, Matlock, husker du det?"

"Ja, men det er litt utdatert - særlig de hvite dressene hans." Miller lo.

"Ja, jeg husker da de var populære - hvite dresser og gamasjer. Ja, så gammel er jeg."

Han lo, og fortsatte. "I programmet sto det at en person ikke kan melde barnet sitt savnet før det har gått tjuefire timer. Det er et amerikansk program, som du vet, men jeg lurte på om det er det samme her."

"I Canada kan et barn meldes savnet når som helst. Det er ingen ventetid."

"Å, det visste jeg ikke," sa Abe. "Interessant."

"De fleste tror det er tjuefire timer," sa Alex. "Denne feilinformasjonen kan tilskrives repriser og falske nyheter."

Abe lo. "Har noen meldt et barn savnet da, jeg mener her i byen siden i går?"

"Ikke så vidt jeg vet," sa Alex. "Det kan være at jeg ikke vet om det ennå. Noen ganger siver det inn saker på stasjonen." Han lente seg nærmere. "Jeg må få vite - hvor er barnet nå?"

"Benjamin presenterte oss for henne i morges. El gjør et stort nummer av det, som du kan forestille deg."

Sersjant Miller nikket da telefonen hans ringte. Det var behov for ham på stasjonen.

Han spurte om et barn, en liten jente, var meldt savnet i løpet av de siste 24 timene, men det var det ingen som hadde. Han koblet fra. "Ingen nye meldinger om savnede barn."

"Jeg skjønner", sa Abe. "Hva skal vi gjøre nå?"

Miller sa: "Hvis dere tar henne med til stasjonen, kan vi ta oss av henne til barnevernet blir involvert."

"Hun har funnet seg så godt til rette hos oss."

"Ja, det beste er kanskje å la henne være hos dere akkurat nå. Mens vi undersøker. Jeg vil nødig se henne sendt i fosterhjem for tidlig. Særlig ikke hvis det er første gang."

"Vi vil beskytte henne."

"Det vet jeg, men jeg må sjekke med sjefen min. Slik jeg ser det, er det nok best å la henne være der hun er." Han reiste seg. "Er det noe annet du vil fortelle meg før jeg forhører meg?"

"Benjamin dro tilbake til havnefronten i dag i håp om at barnets mor skulle være der - det var hun ikke."

"Det var bra at hun ikke kom tilbake," sa Miller. "Dette må etterforskes. For å se om hun er en gjenganger." Han sjekket tiden igjen. "Hvor gammelt er barnet?"

"Jeg vet ikke helt sikkert, men jeg regner med sju eller åtte."

Miller forlot kafeen mens han snakket i telefonen, og kom tilbake noen minutter senere. "Hun kan bli hos deg inntil videre. I mellomtiden ber jeg betjentene mine om å holde utkikk etter en kvinne som vandrer rundt ved vannkanten. Har du noen anelse om hvordan hun ser ut?"

"Nei, det må du snakke med Benjamin om. Eller så kan jeg spørre ham for deg og gi deg beskjed?"

"Ja visst. Finn ut av det og send meg en melding." Han strakte ut hånden, og den ble varmt mottatt.

"Takk," sa Abe.

Miller la til: "Uansett hva som skjer, ikke gi fra deg barnet. Hvis kvinnen dukker opp, oppholder du henne og ringer meg. Når som helst, døgnet rundt. Jeg vil snakke med henne - gi henne hvorfor. Og for å forsikre meg om at hun er ærlig og forstår feilene hun har begått. Om nødvendig kobler jeg inn sosialkontoret."

Abe sa at han ville sende over kvinnens signalement så fort som mulig.

"Bra", sa sersjant Miller da de skiltes utenfor kafeen.

I stedet for å gå rett hjem, gikk Abe til Waterfront. Han satte seg på en benk og lyttet til måkene og bølgeskvulpene. Etter en halvtime uten å ha sett noen, gikk han tilbake til butikken, der kona kom ut for å hilse på ham.

"Så god som gull", sa El mens hun kysset mannen først på venstre og så på høyre kinn.

Han la merke til at kona hadde fått litt mer fart i skrittene, og at hun var rød i kinnene. Det minnet ham om den første tiden da de kurtiserte hverandre.

✳✳✳

ETTER å HA SNAKKET med El om møtet med sersjant Miller, spurte Abe barna hva de så på TV.

"SvampeBob Firkant", sa Katie. "Han er morsom."

"Du kan fortelle Benjamin hva som skjedde senere, hvis det er greit? Jeg vil gjerne snakke med ham utenfor et øyeblikk eller to."

Hun nikket.

"Fant du ut noe nede på stasjonen?" spurte Benjamin etter å ha lukket døren bak seg.

"Jeg skal fortelle deg mer om et øyeblikk, men akkurat nå vil sersjant Miller at jeg skal sende en beskrivelse av Katies mor til ham via SMS." Han ga Benjamin telefonen sin. "Du kan skrive inn informasjonen. Du er raskere til å skrive."

Benjamin klikket seg inn: Hei, sersjant Miller. Dette er Benjamin. Katies mor hadde på seg en mørk, ermeløs kjole, et rødt skjerf og høyhælte sko. Håret hennes var mørkt, nesten svart, og hun hadde på seg mørke solbriller i går da solen var fremme."

"Høyde?" svarte Miller.

"Omtrent 1,75 meter - uten de høye hælene."

"Takk skal du ha. S.A.M."

Benjamin returnerte en tommel opp-emoji. "Så, fortell meg hva du fant ut om Katie."

"Først tok jeg det opp som hypotetisk. Vi snakket sammen, og så fortalte jeg ham detaljene."

"Ok, greit nok."

"Jeg kan bekrefte", sa Abe, "at hun ikke er meldt savnet ennå."

"Noe må ha skjedd med moren hennes. Jeg håper hun har det bra."

"Sersjant Miller, Alex, sa at du gjorde det rette ved å ta henne med hit. Betjentene hans vil holde utkikk etter moren. Hvis hun dukker opp, tar de henne inn til avhør. Hvis det er noe nytt om Katie, gir de oss beskjed."

"Takk igjen, Abe."

"Siden det er lørdag, og Katie ikke trenger å gå på skolen, er det bra. Forhåpentligvis er det ordnet før mandag, og hun kan være tilbake i klassen som om ingenting har skjedd."

"Ja," sa Benjamin, og tenkte allerede på hvor mye han ville savne henne når hun var borte.

El kom inn i gangen, og trioen hvisket sammen.

"Vi, Abe og jeg, tror hun vil ha det bedre på gjesterommet."

Benjamin så skuffet ut, og blikket hans gikk ned i gulvet.

El berørte ham på armen. "Jeg kan holde et øye med henne når dere to passer butikken. Vi kan gjøre jenteting."

"Du trenger også søvn, Benjamin, og den gamle stolen egner seg ikke til å sove i."

"Vi har tenkt på å bytte den ut i årevis."

"Det står på huskelisten min," sa Abe. "Jeg skal nok få ompolstret den en av dagene."

"Du får heller kaste den i søpla eller bruke den til ved. Jeg har tenkt å pusse opp rommet litt. De bokhyllene trenger også å pusses opp."

"Jeg skal sette det på listen."

El kysset ham på pannen. "Det hadde vært fint å gjøre rommet litt mer jentete."

"Hun er her bare en kort stund."

"Jeg vet det, jeg vet det. Men det får meg til å tenke på lillesøsteren min, Sammy. Samantha. Alle ugagnene vi pleide å finne på sammen." Hun kastet et blikk på mannen sin. "Jeg har alltid ønsket meg en egen liten jente - dette er det nest beste. Selv om det bare er for en liten stund."

Abe la armen rundt henne. "Jeg skjønner det, dere to vil leke sammen."

El kysset ham på kinnet, og de tre gikk inn i en gruppeklem.

Da de gikk fra hverandre, spurte Abe: "Vet Katie adressen sin?"

"Hun vet den, og vi sjekket den i går kveld. Det var ingen hjemme, og hun har ikke nøkkel. Det er på Ontario Street, nummer 74."

Abe fant frem Google Maps på telefonen sin og la inn adressen med planen om å dra til huset. Etter at han selv hadde tatt en titt, skulle han gi adressen til sin venn, sersjant Miller. "Barnet kommer til å trenge ting", sa Abe og ga Benjamin kredittkortet sitt. "Kjøp fritidsklær, pyjamas, ordentlige sko, sokker og undertøy. Og en tannbørste."

Benjamin ryddet opp på kjøkkenet mens Abe pratet videre om besøket på politistasjonen. "Og en ting til: Hvis Katie treffer moren sin, eller omvendt, skal hun ikke leveres tilbake til henne. De vil snakke med kvinnen først nede på stasjonen."

Katie kom inn på kjøkkenet: "Er mamma i trøbbel?"

"Nei, nei, kjære", sa Benjamin. "Politiet vil bare forsikre seg om at hun har det bra, det er alt." Han rufset henne i håret. "Vask ansiktet ditt og børst håret." Hun gikk inn på badet og lukket døren.

"Hva om moren hennes lager en scene? Jeg mener, hvis hun ser meg, en fremmed sammen med datteren sin?"

Abe hvisket: "Hun forlot sin egen datter. Hvem som helst kunne ha tatt henne, så jeg tviler på at hun vil lage en scene." Han sjekket at Katie ikke hadde kommet ut. "Dessuten er det ikke sikkert at den stakkars kvinnen er helt klar i hodet. Hvis hun ser barnet, så ring politiet og bli der. Spør etter sersjant Miller. Han husker deg, og han vil ta seg av det."

Benjamin satte seg ned og forble stille.

"Jeg ser at vi har gjort deg bekymret," sa Abe. "Barnet vil vite hva hun liker og hva hun trenger, og personalet vil hjelpe deg."

Benjamin så på føttene sine, han visste ingenting om å kjøpe klær til en liten jente.

"Vil du at jeg skal bli med deg?" sa El. Hun så på mannen sin. "Hvis det er i orden for deg? Klokken er over tre, så det blir ikke så veldig travelt igjen."

Benjamin nikket. "Vær så snill, Abe."

Katie hermet etter Benjamins ord. "Vær så snill, Abe."

Abe klarte ikke å motstå, og nikket.

"Vi skal ut og handle, til deg," sa Benjamin. "Du, og El og jeg."

Katie hvinte av glede.

KAPITTEL 14

SHOPPINGEN

DET TOK IKKE LANG tid før Katie hadde alt på listen.

"Nå går vi og spiser noe," foreslo El.

De gikk inn på en kafé i hovedgaten. Katie bestilte en jordbærmilkshake, El ba om en sterk te og Benjamin en cola med is.

Hun nippet til milkshaken sin. "Du vil spørre meg om noe, ikke sant, El?"

El nikket. "Hvordan kjente du det barnet?"

"Det er greit hvis du spør meg. Jeg har ikke noe imot det."

El nølte og spurte så: "Hva er favorittfargen din?"

Katie lo, det var tydeligvis ikke det spørsmålet hun hadde forventet. "Jeg har ikke én favorittfarge. Hvorfor velge én, når det finnes så mange?"

El smilte. Ikke det svaret hun hadde forventet.

"Jeg har et spørsmål," spurte Benjamin. Han nølte mens både El og Katie ventet. "Hvem kjøpte dukken til deg? Var det moren din?"

Katie drakk mer milkshake gjennom sugerøret. "Han gjorde det," sa hun.

El lente seg nærmere: "Faren din?"

"Nei, det var mammas venn Mark. Det var en gave. Han kommer alltid med gaver til meg."

"Til jul? Eller til bursdagen din?" spurte Benjamin.

"Nei, til ingenting. Han bare dukker opp og har med noe til meg."

"Å," sa Benjamin og kastet et blikk på El. "Hvordan er milkshaken din?"

"Den smaker himmelsk," sa Katie og la fingeren over leppene.

"Hva er det som er galt?" spurte El.

"Jeg bare tenker ..."

"På hva da?" spurte Benjamin. "Du trenger ikke å fortelle oss det hvis du ikke vil."

Katie tenkte seg om, og sa så: "Hvis mamma var her, ville hun hatt en karamellmilkshake. Vi ville nippet langsomt. Vi drikker alltid sakte. Jeg glemte det og drakk raskt, og nå er alt borte." Hun surmulte.

"Vil du ha en til?" spurte Benjamin.

"Får jeg lov?"

"Det kan du få." Han ropte på kelneren.

Da han kom, sa Katie: "Vent, jeg trenger ikke en til."

"Hvorfor ikke?" spurte El.

"Det er ganske enkelt. Nå som jeg kan få en til, er denne nok."

Benjamin og El så på hverandre, og så tilbake på Katie.

"Du er helt unik, barnet mitt", sa El.

"Det er det mamma alltid sier."

Hun betalte regningen, og de gikk ut på gaten.

"Kan jeg få bruke de nye skoene mine?"

"Selvsagt kan du det", sa El mens hun tok av Katie sandalene.

Hun vred tærne inn i skoene og hoppet bortover fortauet. El og Benjamin prøvde å holde følge med henne.

KAPITTEL 15

HJEMME IGJEN

D E KOM HJEM OG fant Abe sittende i en gyngestol. Skuldrene var senket, og hendene lå i kryss på fanget.

El gikk bort til ham og kysset ham på pannen. "Jeg skal sette over et bad til Katie. Det vil hjelpe henne å sove etter all spenningen."

"God idé, kjære," sa Abe. "Hvordan var det å shoppe?"

"Det var gøy - Katie er full av energi. Selv jeg hadde problemer med å holde tritt med henne."

Abe smilte. "Beklager at jeg gikk glipp av det." Han senket stemmen. "Jeg har mer informasjon. Jeg foretrekker å dele

med deg og El samtidig. Når den lille sover."

Benjamin gjespet.

Abe sa: "Du kan vel gå opp og sove litt. Vi snakkes om en time, ok?"

"Høres ut som en god plan. Takk skal du ha." Han gikk opp trappen.

✳✳✳

DA KATIE SOV, SAMLET de seg i stuen. El forberedte noen smørbrød. Abe var spesielt sulten. Han hadde ikke spist siden frokosten.

"Hun sovnet med en gang," sa El. "Og hun var så fin i den nye prinsesse-nattkjolen sin."

"Vi har hatt en fantastisk dag i dag, tusen takk for hjelpen, El."

"Bare hyggelig."

Abe tygget ferdig smørbrødet, tørket seg om munnen og tok en slurk vann. "Jeg har nyheter. Det er ikke en lett historie å fortelle. Vennligst ikke avbryt eller still spørsmål før jeg er ferdig."

Både El og Benjamin rykket nærmere og sa seg enige.

"Etter at jeg stengte butikken klokken fem, dro jeg hjem til Katie. Jeg hadde ikke planlagt å dra dit før i morgen, men noe ga meg lyst til å dra dit i dag, så jeg dro dit." Han tok en pause.

Kom igjen, tenkte Benjamin, men han visste at det ville ha vært uhøflig å si det.

"Jeg banket på ytterdøren, ingen åpnet, men gardinene var åpne. Jeg stoppet og lyttet etter lyder innenfra, men ingenting. Jeg gikk rundt på siden av huset og til baksiden. Det var ingen tegn til at det bodde et barn der, ingen leker, sykler, husker eller baller. Ikke noe tøy som hang på snoren.

"Jeg bestilte en taxi, og sjåføren ventet på meg ved fortauskanten. Jeg gikk til nabodøren og banket på. En mann åpnet og fortalte meg at det bodde noen i nabohuset, en liten jente og en kvinne, det var alt han visste. Så smelte han døren i ansiktet på meg.

"I mitt perifere syn så jeg en gardin bevege seg på den andre siden av gaten. Jeg gikk bort dit og banket på. En kvinne åpnet og inviterte meg inn på en drink.

Hun så drosjen som ventet, og ba ham forsvinne. Hun sa hun skulle kontakte en annen når jeg var klar til å dra. Jeg gikk med på det, for jeg følte at hun kanskje hadde informasjon å gi meg om barnets mor. Hun var en travel dame, det var det ingen tvil om. Vanligvis ville jeg ha unngått henne, men i dette tilfellet var informasjon om barnets ve og vel avgjørende, så jeg ble værende.

"Huset hennes var rent og ryddig. Jeg var ikke i fare, og den eneste lyden i huset hennes var den uopphørlige tikkingen fra en bestefarsklokke. Vi satte oss ned og delte en kanne te.

"Da jeg spurte om barnet, fortalte hun at det alltid var noe på gang i huset på den andre siden av gaten. Rop. En svingdør av menn og biler som sto parkert i oppkjørselen, og noen ganger var det søl ut i gaten.

Hun antok at det var gifte menn. Og hun sa også at den siste fancy mannen hadde en stor bil og en sjåfør. Katies mor var en snakkis i gata."

El satte hånden for munnen: "Stakkars lille pus."

Benjamin skiftet tema. "Fant du ut noe om Katie?"

Abe sukket. "Stille og veloppdragen," forklarte naboen Judy Smith. "Hun sa at hun la merke til både mor og datter i går morges. Det var spesielt, for det var en skoledag, og barnet hadde med seg en dukke i naturlig størrelse. Hun så dem imidlertid ikke gå hjem igjen.

"Da hun ble lei av å snakke med meg, gikk hun til inngangsdøren til huset sitt og plystret nedover gaten. Sønnen hennes, en drosjesjåfør, kjørte opp foran. Hun dyttet meg ut av inngangsdøren og inn i bilen, og jeg ga mannen en falsk adresse. Jeg ville ikke at de skulle vite adressen min. De virket eksentriske."

"Du mener gale?"

Abe nikket, skjenket seg en kopp te og tilbød en kopp til El og Benjamin.

"Dere kan stille spørsmål nå," sa han.

✳✳✳

D ET GIKK MINUTTER, KANSKJE femten minutter eller mer, før El brøt stillheten. "Den stakkars lille jenta. Tenk hvordan livet hennes må ha vært, med menn som kom og gikk til alle døgnets tider." Hun kjempet et hulk tilbake, dypt inne fra sin moderlige kjerne. "Ikke noe liv for noe barn - og her er vi. Du og jeg, som aldri kunne få et barn selv."

"Så, så," sa Abe og klappet sin kones arm. "Det er akkurat det jeg mener. Det finnes ingen rettferdighet i denne verden. Ingen rim eller fornuft. Og likevel, hvem er vi til å dømme?"

"Alt jeg vet," skyter Benjamin inn, "er at Katie elsker moren sin."

"Selv et mishandlet barn elsker moren sin," sa El.

"Beviset ligger i forlatelsen," sa Abe.

"Kanskje det ikke kunne vært gjort noe med. Vi vet ikke hva som skjedde," sa Benjamin.

"Det er sant. Jeg beklager at jeg var så rask til å dømme. Så hva skjer nå?" spurte El.

"Vi venter," sa Abe. "Og vi stiller spørsmål, uten å gjøre lille Katie opprørt. Vi finner ut det vi kan.

I mellomtiden vil sersjant Miller sette i gang på sin side. Jeg ga ham Katies adresse, og Benjamin ga ham en beskrivelse av moren hennes. De skal sjekke sykehusene, likhuset og havnefronten."

"Likhuset," sa El. "Jeg vil ikke tenke på at den lille skal være helt alene i verden."

"Jeg vet det, jeg vet det," sa Abe. Han skiftet tema. "Og før jeg glemmer det." Han stakk hånden i lommen og tok frem en konvolutt som han la på bordet. "Denne lå i postkassen hjemme hos Katie."

"Abe, det er en føderal forbrytelse å stjele en annen persons post!" utbrøt El. Utbruddet var ikke nok til å hindre henne i å snu konvolutten slik at både hun og Benjamin kunne lese den.

"Det er jeg fullt klar over," bekreftet Abe. "Men nå vet vi at moren hennes heter Jennifer Walker."

Benjamin gjespet og reiste seg, før han kysset El på kinnet. "Katie er ikke alene nå. Hun er her sammen med oss." Han sa god natt. "Takk for all hjelpen." Abe klappet ham på ryggen som en far ville gjort med en sønn.

Ovenpå skiftet han til pyjamas og la seg i sengen. Han var for trøtt til å trekke ned dynen og la seg i stedet ned i dynen.

✳✳✳

Benjamin sto på kanten av taket på en høy bygning, ute av stand til å se ned, med tærne allerede over streken. Det var natt, og stjernene var spalter, som øyne på himmelen, som holdt øye med ham og ville ha ham fremover. Hopp, syntes de å si. Bare hopp.

Han vaklet og vaklet. Det var like lett å gå fremover som det var å gå bakover, og han var helt alene. Helt alene i verden, uten noen til å ta seg av ham. Ingen som brydde seg om ham. Ingen som brydde seg om han levde eller døde.

Han hadde lest mange bøker om helter. Unge gutter som, i likhet med ham, hadde mistet foreldrene sine og gjort fantastiske ting med livet sitt. Men den slags karakterer var selvsagt oppdiktet.

Vent nå litt! Jeg er et godt menneske. Jeg hjelper folk. Jeg tenker på andre før meg selv. Jeg lyver ikke, stjeler ikke og sårer ikke andre, og jeg holder alltid, nesten alltid, det jeg lover.

Hvorfor nesten alltid? spurte en stemme høyt over ham.

Han svarte ikke - i stedet veltet han over kanten - og våknet på gulvet ved siden av sengen sin. Klærne hans var fuktige av svette - men han var i sikkerhet. Trygg og frisk. Selv om klokken var fire om morgenen, hadde han ikke tenkt å sove igjen. Han satte seg til å spille spill på telefonen. Nedenfor rommet hans kunne han høre noen gå frem og tilbake. Sannsynligvis Abe. Han satte på seg hodetelefonene. Etter at noen venner hadde sluttet seg til, ble han helt oppslukt av et flerspillerspill på nettet. Han spilte til solen sto opp i horisonten, så gikk han tilbake til sengs.

KAPITTEL 16

ABE OG EL

A BE FIKK IKKE SOVE. "Er du våken?"

"Nå er jeg det."

"Jeg er litt sulten, hva med deg?"

"Nå som jeg er våken, er jeg også det. Kom, så skal jeg lage noe. Hva har du lyst på?"

Mens de vandret gjennom gangen, kikket de inn til Katie.

"Hun er en liten engel."

"Ja, det er hun." På kjøkkenet sa Abe: "Et ristet ostesmørbrød hadde passet meg fint."

"Ok, du setter på kjelen, så fyrer jeg opp grillen."

Da maten var klar og teen trukket i kjelen, satte de seg ned og spiste smørbrødene sine.

"Det var virkelig godt, takk."

"Trøstemat gjør alltid det." Hun skjøv stolen sin bakover.

"Nei, sett deg litt. Jeg vil snakke med deg."

"En kopp te?" Abe nikket, og hun fylte koppene deres. "Hva er det som plager deg? Jeg vet at det er noe."

"Husker du at vi snakket om å adoptere Benjamin?"

"Ja, men siden han allerede var femten år, bestemte vi oss for ikke å gå videre med det."

"Og likevel tenker jeg at hvis vi adopterte ham, så ville han - hvis noe skulle skje med meg - være en del av familien og kunne hjelpe deg med butikken. Til å ta over om nødvendig. På samme måte ville han være til stor hjelp for meg hvis det skjedde noe med deg."

El rørte rundt i teen sin. "Vil han bli adoptert? Han trenger oss ikke slik han gjorde da han først kom hit for å bo hos oss. Han er en selvstendig ung mann. Jeg vil nødig lenke ham til oss."

Abe hevet stemmen. "Lenke ham fast til oss? Er det det du tror? JEG, JEG..."

"Ro deg ned, kjære. Om et par år er han gammel nok til å fly av gårde på egen hånd - og det har han all rett til. Hva var det man sa? Hvis du elsker noen, så slipp dem fri, og hvis de kommer tilbake, er de dine."

"Og hvis de ikke gjør det, har de aldri vært det. Jeg husker ikke hvem som sa det."

"Kanskje Kipling, eller en klok person som ham. Jeg sier ikke at han aldri ville komme tilbake, det tror jeg han ville. Han elsker å jobbe i butikken."

"Ja, og en dag kunne han eie butikken - drive butikken. Videreføre arven vår."

"Hvis han vil."

"Selvsagt."

"Hva har du lyst til å gjøre? Hva vil gjøre deg rolig?"

"Jeg vil gjerne snakke med Travis, advokaten vår, og be ham om råd."

"Burde vi ikke ta det opp med Benjamin først?"

"Hvis vi gjør det og ombestemmer oss etter å ha fått et juridisk råd, kan det få konsekvenser. Jeg vil heller sjekke først, så kan vi bestemme oss. Hvis vi bestemmer oss for å gå videre denne gangen, kan vi snakke med ham og se hva han mener."

El gjespet. "Å, unnskyld meg." Hun tok mannens hånd i sin. "Det høres ut som om vi har en plan. Nå går vi og legger oss igjen, den lille kommer snart opp og vil ha frokost."

KAPITTEL 17

MANGLENDE HJEM

A BE OG EL SOVNET endelig da Katie ga fra seg et skrik nede i gangen.

El var ved hennes side i løpet av sekunder, nesten som om hun hadde forutsett det. I samme øyeblikk som Katie fikk øye på henne, kastet hun armene rundt halsen hennes.

Abe ankom kort tid etter. "Hva er det som er i veien, lille venn?"

"Jeg savner ..." var alt hun sa, før hun presset ansiktet mot brystet til El.

Benjamin snublet inn i rommet. "Hva er i veien?"

Katie lå stille, mens de utvekslet lavmælte hviskinger.

"Hun savner moren sin", sa El. Katie krøp tettere inn til seg. "Dere to går tilbake til sengene deres, så blir jeg her med den lille." Så sa El til Katie: "Det ville du likt nå, ikke sant? Hvis jeg ble her?" Hun hvisket noe til El. "Å, jeg skjønner," sa hun. "Er du sikker?" Katie nikket. "Hun vil gjerne at du blir her også, Benjamin. Hent et teppe utenfor, så kan du kaste det over deg på stolen der borte." Benjamin fulgte instruksjonene hennes.

"God natt, da", sa Abe, mens han lukket døren og var glad for å komme tilbake til komforten i sin egen seng.

KAPITTEL 18

SØNDAG, SØNDAG

SØNDAG MORGEN VAR NOE helt spesielt i Julius' hjem. Siden butikken ikke åpnet før klokken tolv, forberedte og delte familien alltid en stor frokost.

"I dag blir det vafler", annonserte El, tok frem vaffeljernet og koblet det til stikkontakten. Hun gikk i gang med å forberede røren til grillen var klar.

I mellomtiden dekket de andre bordet. Tilbehøret, som sirup, frukt, smør og pisket krem på boks, ble plassert på bordet.

"Vaflene lukter så godt", sa Katie da El plasserte de ferdige vaflene midt på bordet.

"Takk, kjære", sa El. "Er det noe vi har glemt før jeg setter meg?" Ingen kom på noe, så hun satte seg i den ene enden av bordet, mens mannen satte seg i den andre.

"Takk for gourmetmaten," sa Abe, som var hans versjon av en bordbønn. "Nå, sett i gang!" Og det gjorde de.

Katie satt og observerte de andre, siden hun aldri hadde spist vaffel før.

"Hva venter du på, kjære?"

"Jeg ser på, for den eneste vaffelen jeg har spist, er en iskrem."

"Det er en smart idé," sa Benjamin. Han gikk til fryseren og tok ut en beholder med napolitansk iskrem. Så tok han iskremskjeen fra skuffen og satte dem på bordet.

El hjalp Katie med å legge frukt på vaffelen hennes, blant annet blåbær og jordbær. Hun la til noen epleskiver. "Det ser fint ut", sa barnet.

"Nå må du prøve," sa Benjamin.

Katie la på en kule iskrem og sjokoladesaus.

"Å, jeg kom nettopp på noe annet", sa El og skjøv stolen sin bakover. Hun snudde seg mot Katie: "Du er vel ikke allergisk mot nøtter?"

"Nei. Et par av barna på skolen min er det, så vi må være forsiktige, men jeg er ikke allergisk mot noe som helst."

"Ikke jeg heller," sa Benjamin, mens han øste knuste valnøtter på toppen av vaffelen sin. Så la han på kremfløte - selv om han, i likhet med Katie, allerede hadde iskrem på vaffelen sin.

"Kan jeg også få pisket krem?"

Benjamin sprøytet krem på Katies vaffel. "Den ser for god ut til å spise nå", sa hun, og alle lo. Ansiktet hennes lyste opp. "MMMMM," sa hun. "MMMMM."

Etter at alle hadde spist seg mette, satte El over kaffen.

"Jeg er for mett til å røre meg", sa Benjamin.

"Jeg også," sa Katie og klappet seg på magen.

Abe så på klokken, det var fortsatt tid til butikken åpnet. "Å, jeg hadde tenkt å spørre deg, Katie, hva heter skolen din?"

"Jeg går på St. Mary's Elementary," sa Katie.

Abe skrev inn adressen på Google.

"Liker du skolen?" spurte Benjamin.

"Den er helt grei.

"Vi ringer skolen din i morgen," sa El, "og forteller dem at du blir borte noen dager."

"Mener dere at jeg ikke trenger å dra?" "Nei, vi vil at du skal bli her inntil videre."

"Til mamma kommer tilbake?"

"Ja, til da," sa Abe.

"Går du ofte glipp av skolen?" spurte El.

"Bare hvis jeg er syk eller hvis mamma ikke har det bra, for hun lar meg ikke gå alene."

"Er mammaen din ofte syk?" spurte Abe, og tenkte på påstandene om alkohol og narkotika.

Katie begynte å gråte.

"Nok spørsmål for nå," sa El. Hun tok Katies hånd i sin. "Nå skal vi få vasket pisket krem og sjokoladesaus av ansiktet ditt og få på deg de nye klærne dine. Kom nå."

Katie fulgte etter, og da de kom bak lukkede dører, sa hun: "Mamma vil ikke være syk."

"Selvfølgelig ikke, barnet mitt", sa El mens hun strøk en varm, fuktig vaskeklut over ansiktet til Katie. "Løft armene, så skal vi kle på deg."

"Jeg er en stor jente."

"Selv store jenter trenger litt hjelp av og til", sa El og blunket.

"Takk skal du ha."

"Takk for at du bringer litt solskinn inn i hjemmet mitt."

Katie tenkte seg om et øyeblikk og sa så: "Men du hadde jo allerede solskinn, for du hadde Benjamin."

El lo. "Du har rett, vi ser de gylne strålene hans hver dag. Bli med oss nå, vi kan vel ikke la guttene bli klare før jentene?"

"Aldri i livet!" Katie fniste.

KAPITTEL 19

SGT. MILLER

D A BETJENT MILLER ANKOM stasjonen, ventet en hastemelding fra rettsmedisineren:

"Et kvinnelik skylte opp på bredden av Lake Ontario tidlig i morges, nær Viadukten. Det vanlige selvmordsområdet. Hun er her nede på likhuset nå. Hun er ikke identifisert, men hun passer beskrivelsen av kvinnen du ba meg holde utkikk etter. Dødsårsaken er snart bekreftet. Kom over når du kommer inn, så skal jeg oppdatere deg."

Miller gikk straks til likhuset. Liket lå på båra, og rettsmedisineren og assistenten hans noterte ned informasjon.

"Du bør kanskje ta en titt på dette", sa han og pekte på kuttet over kvinnens hals.

"Selvmord er utelukket", foreslo Miller, "ut fra vinkelen på bladet kan hun ikke ha gjort det selv."

"Akkurat," bekreftet rettsmedisineren. "Og vi fant også spor av hud og hår under neglene hennes."

Miller så på kvinnens negler, lakkert i kardinalrødt. I ansiktet så han en flekk av den matchende leppestiften på hjørnet av overleppen.

"Vi har allerede sendt prøver til laboratoriet. Vi bør kunne identifisere henne og muligens også overfallsmannen hvis vi finner en match på noen av dem i databasen."

"Kan jeg ta en prøve av fingeravtrykkene hennes, så jeg kan kjøre dem gjennom databasen vår når jeg kommer tilbake til kontoret? Det kan være en raskere vei til en identifikasjon hvis hun er siktet for noe kriminelt."

Rettsmedisineren nikket.

"Hva mer vet vi om henne?"

"Alderen er anslått til mellom 34 og 37 år, og hun var flergangsfødende."

"To fødsler," sa Miller. "Kan du si noe om når hun fikk barna?"

"Keisersnitt. Sju, kanskje åtte år siden. Vaginal fødsel nylig."

"Noe annet?"

"Vi anslår dødstidspunktet til lørdag kveld, mellom klokken 19.00 og 21.00. Det ble ikke funnet alkohol eller narkotika i kroppen." Han nølte: "En ting til, hun hadde bitt på baksiden av beina." Han snudde på liket. "Se her og der, bitt. Det kan være skilpadder, men bittene er store."

"Jeg skjønner", sa Miller. "Takk." Han tok en pause. "Hva er det der, nær ryggraden?"

"Et fødselsmerke."

Det var omtrent på størrelse med en gærning.

Miller forlot bygningen, og sollyset traff ham med full kraft. Han tok på seg de mørke brillene og fortsatte å gå mot bilen sin mens han tenkte på barnet som bodde hos Abe. Han håpet at den døde kvinnen og den savnede moren ikke var samme person, men magefølelsen sa ham noe annet.

KAPITTEL 20

LEGAL EAGLE

A BE VAR OPPE OG ute av huset før de andre våknet. Etter samtalen med El avtalte han et møte med sin gamle venn, som også var advokaten deres, Travis Anders.

"Jeg vil gjerne at du går i gang med å skrive papirene. Når Benjamin fyller 21 år, arver han huset og butikken."

"Jøss, ro deg ned. Hva med El?" sa Travis.

"Vi kan hjelpe ham i butikken etter behov. Men han vil ha et insentiv til å ta i et tak og engasjere seg mer, siden det en dag blir hans."

"El må også være her. Huset og butikken står i begges navn."

"Hvis du setter sammen skjemaene for oss, tar jeg henne med inn for å signere dem. Vi har allerede diskutert det."

"Hvorfor haster det?"

"Ikke noe hastverk som sådan. Jeg vil bare få ballen til å rulle. Hvor lang tid tar det før du har alt klart?"

"Gi meg en uke," sa Anders. "Da må du komme tilbake med El. Har du diskutert det med Benjamin allerede?"

"Nei, ikke ennå. Jeg vil se hvordan det ser ut på papiret. Hvordan det hele henger sammen, før vi involverer ham."

"Jeg tar gjerne imot pengene dine, Abe, men hvis jeg skriver papirene, og han nekter, må du likevel betale honoraret mitt."

"Jeg forstår. Jeg ville ikke ønsket det annerledes."

"Ok, Abe. Overlat det til meg. Jeg tar kontakt når det er klart, så kan du ta med El." Han nølte.

"Jeg ville diskutert det med Benjamin i mellomtiden, selv om det er en hypotetisk situasjon."

"Når det er undertegnet, er det offisielt?" spurte Abe. "Hva om vi ombestemmer oss?"

"Jeg inkluderer et kodicil. I tilfelle dere bestemmer dere for å trekke tilbake tilbudet i fremtiden."

"Takk, Travis."

"Og dere er ikke juridisk forpliktet til å avsløre kodisillen for gutten, med mindre dere velger å gjøre det. Og når vi gir ham papirene for signering, bør han ha sin egen advokat til stede. Hvis han ikke har råd til det, kan du foreslå at han kontakter rettshjelpen. Vi kan snakke om det når vi møtes. Jeg kan informere ham eller anbefale en annen advokat. Vi må gi ham litt tid før han skriver under."

"Benjamin er som en sønn for oss," Abe reiser seg, "og jeg vil gjøre dette enkelt for ham."

"Vent nå litt, Abe, vær så snill og sett deg ned," sa Travis. "Jeg er advokaten din, men jeg kan ikke representere dere begge. Det er for hans egen skyld at han får en annen advokat enn meg."

"Vi har kjent hverandre i tjuefem år," sa Abe. "Jeg stoler på deg. Gutten har ikke råd til en annen advokat. Det virker latterlig at jeg skal betale noen andre når jeg stoler på deg."

"Jeg skal forklare ham alt på tomannshånd, så han forstår og kan stille spørsmål uten at du eller din kone er til stede. Kodicillen er for din og Els trygghet. Det er ikke en refleksjon over gutten, det er et lovspørsmål. Å få alt skriftlig er for å beskytte alle involverte."

"Jeg setter pris på rådet ditt," sa Abe. Han tok en pause.

"Det minner meg på at jeg så på repriser av Matlock forleden kveld."

"Jeg pleide å elske den serien," sa Travis. "Fortsett, er du snill."

"Vel, i episoden prøvde de å tvinge en ektefelle til å vitne mot mannen sin. Det ble kaos, men Matlock fikk det avvist i retten."

"Å, den Matlock. Reglene har endret seg siden den gang. I Canada i dag kan en kone bli stevnet til å vitne, men hun trenger ikke å opplyse om noe. Ikke hvis det skjedde mens de var gift. Det er kjent som ekteskapsprivilegiet, paragraf 4 i Canadas bevislov."

"Det er virkelig interessant," sa Abe. "Hvordan fungerer det med barn? Kan en forelder tvinges til å vitne mot et barn, eller omvendt?"

"Det har vært mange diskusjoner om dette opp gjennom årene."

"Og hva sier loven?"

Travis gikk bort til bokhyllen og bladde til han fant det han lette etter. "Det er et barns grunnleggende rett å bli hørt i enhver forutgående sak. Det er artikkel 12, fra FNs konvensjon om barnets rettigheter. Ratifisert i 1991." Han lukket boken og la den fra seg. "Noen andre spørsmål?"

"Nei, takk for at dere tok dere tid." Abe reiste seg og strakte ut hånden.

"Jeg tar kontakt", sa Travis.

Abe var på vei hjem. Å ha noen til å ta seg av kona etter at han hadde dratt, var hans høyeste prioritet. Nesten hjemme lurte han på om sersjant Miller hadde noen nyheter å dele. I denne situasjonen var ingen nyheter gode nyheter. Da han endelig kom hjem, gikk han inn.

KAPITTEL 21

SGT. MILLER PÅ POLITISTASJONEN

SERSJANT MILLER så på mens menn og kvinner i håndjern paraderte inn på stasjonen. Han følte det som om han befant seg midt i et dårlig realityprogram.

"Var det en fest?" spurte han betjenten som arresterte dem.

"Ja, en gatefest på østkanten. Narkotika og alkohol overalt."

En kvinne fanget blikket hans da han skrev under på et skjema. Hun var blond, med altfor kort skjørt og altfor mye sminke. Hun sendte ham et kyss. Han snudde ryggen til henne. Heller et kadaver enn en slik mor.

Han lurte på om en hvilken som helst mor var bedre enn ingen mor i det hele tatt. Det var som spørsmålet om noen hører om et tre faller i skogen. I teorien fantes det ingen riktige svar, men i virkeligheten - ingen mor måtte være bedre enn de få han hadde møtt.

Han gikk tilbake til kontoret sitt akkurat tidsnok til å få resultatet av fingeravtrykkskanningen av kvinnen på platen. Hun fantes riktignok i databasen, men hun hadde ikke alltid vært lokal. Hun var fra Quebec. Han lurte på hva hun gjorde i byen. Han fortsatte å lete etter informasjon og fant en savnet-rapport. Ja, det var kvinnen på platen. Han bladde gjennom mappen og sjekket bakgrunnen hennes. Så ringte han en av vennene sine i Montreal. En av dem som ikke hadde noe imot å snakke engelsk - og fortalte ham detaljene.

"Det ble nettopp funnet et kvinnelik, og basert på en savnetmelding som er sendt inn via ditt kontor, er det Marie Levesque", sa Miller.

Det ble stille i den andre enden, før LaPlante spurte: "Dødsårsaken?"

"Hun fikk halsen skåret over, men det er ennå ikke fastslått om det var dødsårsaken."

"Jeg skal gi ham beskjed. Han jobber sammen med Ontario Provincial Police."

"Er han en lokal betjent? Jeg kan ta kontakt med ham hvis du foretrekker det. Fortell ham alt han vil vite, og hvor han skal komme for å identifisere liket. Jeg kan være der sammen med ham hvis han ønsker det. Hvis han ikke har familie her."

"Hun var alt han hadde," LaPlantes stemme vaklet. "Han jobbet under dekke."

Miller nølte. "Kan dette drapet ha noe med etterforskningen hans å gjøre? Har han blitt avslørt?"

"Jeg vet ikke. Jeg skal ta det opp i flaggstangen her. Jeg skal finne ut det jeg kan, og du gjør det samme på din side. Har du forbindelser i OPP?"

"Ja visst, jeg skal være diskret."

"Takk, Alex."

"Skal bli."

Miller la på, men holdt telefonen mot øret. Han gned seg over haken der skjegget pleide å være. Han savnet det skjegget, men det gjorde ikke kona hans.

Det var i det minste ikke moren til lille Katie, men det var fortsatt et mord. Med OPP involvert kunne ting i byen bli litt mer komplisert. Han slo nummeret til Abe og ventet mens det ringte flere ganger.

✳✳✳

"H EI, ABE, DET ER sersjant Miller, Alex her."

"Hallo."

"Ringer bare for å høre hvordan det går med Katie?"

"Ja, Katie har funnet seg godt til rette", bekreftet Abe. "Noe nytt om moren hennes?"

"Vi har noen spor, men ikke noe sikkert."

"Kan jeg hjelpe dere?"

"Vi vil gjerne ha mer informasjon om henne, som etternavnet hennes."

"Det er Walker, det fant jeg ut etter å ha snakket med en av naboene hennes."

Han satte seg ned. "Når da?"

"På lørdag. Mens El tok henne med for å handle det nødvendigste, og jeg ble med for å ta en titt."

"Jeg antar at fru Walker ikke var hjemme?"

"Ingen tegn til henne eller noen andre. Jeg tok en prat med naboene."

"Lot du som om du var en av oss, jeg mener, en politimann?"

"Jeg? Det tror jeg ikke jeg ville klart, jeg er altfor kort," sa Abe. Begge lo. "Ikke vær redd, jeg var diskret."

"Er det noe relevant du vil dele?"

"Øh, vel, mange menn. En nabo sa at det var som om huset hadde en svingdør. Han sa at moren var det store samtaleemnet på gaten - og ikke på en positiv måte."

"Interessant. Ante du fiendskap eller noe i nærheten av et motiv?"

"Nei, ikke i det hele tatt. Hun er nysgjerrig og kjeder seg - men neppe en morder. Den kvinnen jeg tilbrakte mest tid sammen med, var glad i Katie. Hun så dem forlate huset. Hun lurte på hvorfor hun hadde med seg dukken til skolen. Hun så dem aldri komme hjem igjen. Min vurdering var at denne kvinnen vet alt som foregår, på gaten med alle."

"Ok, Abe, takk for at du fortalte meg det. Men hold deg unna området nå, og overlat etterforskningen til oss."

"Hvis du og betjentene skal ut til huset, vil jeg gjerne bli med dere, hvis jeg kan."

Miller trakk pusten dypt og hørbart. "Det er ikke standard prosedyre å ta med en sivilperson, og det vil ta en stund å få en ransakingsordre. Vi må sannsynligvis bryte opp døren."

"Jeg vil likevel gjerne være der. Jeg lover å ikke være i veien - og naboene har sett meg, de kjenner meg."

"Siden det er deg, kan jeg vel gjøre et unntak hvis du lover å bli i bilen til jeg sier noe annet. Jeg ringer deg når jeg har søkt om ransakingsordre og et team som skal komme. Hvis du er klar, kan du bli med oss. Hvis ikke, drar vi til Walkers bolig uten deg. Forstått?"

"Hundre prosent", sa Abe og smilte i telefonen. Han la på, og snudde seg så mot kona som var opptatt med å børste håret til Katie: "Jeg må kanskje gå ut så snart telefonen ringer."

"Har dette noe med Katie å gjøre?" spurte Benjamin. Han hadde sett på fjernsyn.

Abe rykket nærmere ham og hvisket: "Det var sersjant Miller som ringte. De har ikke noe konkret nytt."

"Kan jeg bli med?" spurte Benjamin.

"Unødvendig, men takk," sa Abe. Han senket stemmen til en hvisking: "Sersjant Miller ville ikke at jeg skulle bli med, men jeg insisterte. Oss to imellom skal vi undersøke huset hennes."

"Greit, la meg få vite hva dere finner. I mellomtiden skal jeg ta meg av ting her. Kanskje ta med Katie ut for å få litt frisk luft." Benjamin reiste seg og sa: "Er det noen som har lyst til å gå en tur?"

"Jeg!" Katie hvinte.

"Jeg også!" sa El.

De gikk, og Abe satt ved siden av telefonen og ventet på at sersjant Miller skulle ringe.

KAPITTEL 22

SJEKK DET UT!

ILLER OPPDATERTE POLITISJEFEN OM Katies situasjon. Mens han ventet på ransakingsordren, organiserte han to betjenter som skulle følge ham. Han ringte Abe: "Vi er hos deg om ti minutter, er du klar til å dra?"

"Ti fire", svarte Abe.

Betjentene fniste bak Miller.

"Han er en god mann", sa Miller, mens han tråkket gasspedalen i bunn.

Abe var svært begeistret over å være en del av aksjonen. Han smilte da politibilen kjørte opp til huset. Miller steg ut og ga ham en skuddsikker vest som han tok på seg under skjorten.

Mens han gjorde det, presenterte Miller ham for betjentene Belago og Rippon. Han håndhilste på dem. Han ville fortelle dem at Abe Julius ikke var en pyse.

Abe ville sette seg i baksetet, men de to betjentene ga plass slik at han kunne sette seg foran. "Og nei, du kan ikke leke med sirenen", sa Miller. Betjentene humret.

Miller hadde litt av en blyfot, og en av betjentene i baksetet sa det. Han lo. "Jeg er fortsatt sjefen din, selv med en sivilist i forsetet. Ved huset går vi tre inn. Abe, som avtalt blir du sittende i bilen."

"Ja, jeg forstår, men si ifra hvis du trenger min hjelp."

"Øh, ja." Så kaster han et blikk i bakspeilet: "Når vi er inne, gutter, tar vi en rask titt rundt oss. Som vanlig, ta på deg hansker og husk å ikke røre eller flytte på noe.

"Som vi har snakket om, vil et bilde av mor og datter være nyttig. Se også etter et med faren på."

Abe flyttet på seg i setet. Han ville gjerne få sjansen til å drikke en kopp te til og prate med den nysgjerrige naboen.

"Jeg lar radioen stå på når vi går inn, så du kan høre på litt musikk."

De stoppet i et trafikkert veikryss. En kollisjon mellom flere biler blokkerte trafikken. Miller satte på rødt lys med sirene og skilte vei, etter at han hadde spurt om alle var i orden.

"Kan jeg få låne den en gang?" spurte Abe og rullet ned vinduet.

Alle lo da Miller sa: "Aldri i livet."

"Vi er her", sa betjent Belago.

Miller skrudde opp volumet på radioen. "Alt klart, Abe. Du blir her og holder deg i ro."

"Jeg skal beskytte bilen," sa Abe.

Sersjant Miller tok på seg hanskene. "Kom igjen, gutter."

✳✳✳

S ERSJANT MILLER BANKET FØRST på og ringte deretter på døren, mens betjentene Rippon og Belago holdt utkikk. Da ingen åpnet, gikk Rippon rundt på høyre side av huset, mens Belago dekket den andre siden. De kom tilbake etter noen få øyeblikk.

"Alt klart," sa Belago.

"Alt klart, sjef."

"Ok, la oss se om vi kan komme oss inn uten å bryte opp døren," sa Miller.

Belago hentet verktøy fra bagasjerommet på bilen. De fikk opp låsen på null komma niks.

Miller stakk hodet inn og ropte: "Hallo? Er det noen hjemme?"

De hørte ingenting og gikk inn med våpnene klare. Den eneste lyden var kjøleskapet som surret. Miller åpnet døren og fant det fullt av mat, krydder og flere flasker vin uten kork.

"Det ser ikke ut som noen som har planlagt en tur", antok han.

Belago og Rippon undersøkte første etasje.

"Alt er klart og sikret", rapporterte Belago.

På peisestaken i stuen var det utstilt familiebilder. "Ta det der", sa Miller og pekte på et bilde av en liten jente og en mann. Abe hadde ikke nevnt noen far. Faktisk hadde naboen fortalt Abe at huset hadde en svingdør av menn. Hvem var mannen på bildet sammen med Katie, da? Etter å ha sett på alle bildene som var utstilt, ble han overrasket over at det ikke fantes noen bilder av mor og datter.

Betjentene fulgte etter Miller opp den knirkende teppebelagte trappen.

"Hallo, politiet!" ropte Miller, med våpenet rettet fremover og klar for hva som helst. Alt annet enn det som overfalt nesen hans. Den uforglemmelige stanken av død.

Betjentene satte ufrivillig munnbindet i halsen, mens de fortsatte opp trappen. Nå på trappeavsatsen var stanken uutholdelig.

I kontrast til stanken var det første rommet på høyre side et barnerom, helt i rosa, med volanger på sengen og blomstrete tapeter.

Etter hvert som de gikk videre, ble stanken verre og verre, og øynene deres ble fylt med vann. "Dette ser ikke bra ut, sjef", sa Belago, og så holdt han pusten.

"Det lukter ikke godt heller," svarte Miller mens han gikk videre mot rommet i enden av korridoren.

Det viste seg å være hovedsoverommet, der døren sto på vidt gap, og inne i sengen lå det en død mann.

Og det var ikke en hvilken som helst død mann. Det var mannen de nettopp hadde sett nede på et bilde på peishyllen sammen med den lille jenta.

Han lå under dynen, men overkroppen og underkroppen så merkelig ut, eller rettere sagt, de lå på en merkelig linje. Oppreist, men ikke rett. Han kastet dynen tilbake.

"Herregud", sa betjent Belago da han så at mannen satt ved siden av seg selv.

"Hvorfor ville noen sette noen opp på den måten etter at de har kuttet dem i to?" spurte Miller.

"Det er ikke noe blod her," konstaterte Rippon, "og ingen blodige spor."

Kjøttfulle ranker kom ut fra begge halvdelene av torsoen.

"Rigor mortis har inntrådt, noe som forklarer stillingen," sa Miller. "Jeg melder det inn, dere to sjekker rundt etter våpenet." Så snakket han inn i telefonen igjen.

"Ja, dette er sersjant Miller. Vi trenger et fullt kriminalteknisk team her nede. Og forsterkninger for å sikre eiendommen. Og rettsmedisineren, en ambulanse og en likpose. Og be dem ikke bruke sirenene - vi vil ikke at hele nabolaget skal komme ut for å se showet. Ja, ti fire."

"Sjef, vi har funnet noe", ropte Belago fra gangen.

Badet var et blodig kaos. I badekaret lå det en motorsag. Det var hellet blekemiddel på den for å maskere lukten av alt blodet.

"Han ble definitivt kuttet her", sa Rippon og holdt seg for nesen med baksiden av hånden.

"Blekemiddel, blod og luftfrisker, en livsfarlig kombinasjon," sa Miller og kjempet mot en brekning.

Han ropte inn igjen: "Be kriminalteknikerne om å komme i fullt utstyr." Så henvendte han seg til betjentene: "La oss se hvilke bevis vi kan samle sammen før de andre kommer."

"Hva med vennen din i bilen?"

"Han blir der til jeg sier noe annet."

"Ikke den nysgjerrige typen?" spurte Belago.

"Jo, han er nysgjerrig, men han vet hvor grensen går."

KAPITTEL 23

KROPP

D E GIKK TILBAKE TIL rommet med liket da Millers telefon ringte. Det var politisjefen som ba om flere detaljer om den drepte mannen. "Han har vært død i et par dager, midt i trettiårene, mann, hvit."

"Noen anelse om hvordan han døde?"

"Ja. Vi fant en sirkelsag på badet. Han ble partert der inne, og så flyttet i to deler inn i sengen. De hadde gjort seg mye bry med å tømme kroppen først og legge delene under dynen på sengen. Det var som om han satt ved siden av seg selv."

"Høres ut som noen med en merkelig sans for humor."

"Det bor en mor og et barn her. Denne fyren var på et bilde på peishyllen sammen med lille Katie. Jeg skjønner ikke hvordan en kvinne kan ha gjort dette uten hjelp."

"Høres ut som en jobb for to personer, i det minste. Oppdater meg når du kommer tilbake til stasjonen."

"Skal gjøre det", sa Miller, og koblet så fra.

"Sersjant", hvisket Rippon, "denne fyren ser litt kjent ut."

"Han var på bildet nede."

Miller lo. "Jeg er enig, han ser ut som noen. Kanskje han er fra en fremtredende familie?"

"Hallo!" ropte en kvinnestemme nedenunder.

"Herregud, hvem er det der?" spurte Miller og gikk ut til toppen av trappen.

Kvinnen i foajeen passet på beskrivelsen av den "nysgjerrige naboen" som Abe hadde sagt at han hadde snakket med. Han lente seg over gelenderet.

"Vennligst forlat stedet øyeblikkelig."

Hun rørte seg ikke, som om føttene hennes var sementert på plass. Hun begynte å bable: "Jeg er så bekymret for den lille jenta, stakkars liten."

Han begynte å gå ned trappen: "Du må gå."

Hun hoppet til.

"Takk for omtanken, men du må gå nå." Han førte henne ut av huset og ut på plenen foran. Han stirret på Abe og lurte på hvorfor han ikke hadde hindret henne i å gå inn, men så husket han at han hadde gitt sin gamle venn spesifikke instruksjoner om å bli ved bilen uansett hva som skjedde.

Miller gikk tilbake inn i huset og låste ytterdøren bak seg. Han hadde kommet ned da kriminalteknikerne og de andre ankom, og slapp dem inn i stedet for å ta sjansen på at noen av de andre naboene skulle våge seg inn.

Judy Smith snøftet i lommetørkleet sitt på plenen foran huset, så fikk hun øye på Abe i politibilen. Hun vinket til ham, og han vinket tilbake.

Så gikk hun over gaten til hagen foran sitt eget hus og ble stående der og måpe.

✳✳✳

D ET TOK IKKE LANG tid før flere biler fylte oppkjørselen og kantet gatene.

"Her er det ingenting å se", sa en av dem til Judy Smith.

Abe fulgte med på alt som foregikk rundt ham, og ville så gjerne vite hva som foregikk. Hva hadde de funnet inne i huset? Var Katies mor død? De hadde tatt inn en båre til noen. Kanskje hun var skadet? Og Judy Smith hadde gått rett inn i huset, frimodig som bare det. Hvis han bare kunne komme seg ut og stille spørsmål.

Han fortsatte å se på mens de sperret av eiendommen med den gule teipen han bare hadde sett på TV. Og teamet av folk som gikk inn iført masker og hansker - de var kriminalteknikere. Han hadde sett dem på TV også.

Han følte seg som et stikkelsbær og var glad da Miller satte seg inn i bilen igjen.

De kjørte videre - på hele turen sa Miller ikke et eneste ord. Ikke engang et farvel da Abe steg ut av bilen.

P å VEI TILBAKE TIL Walkers hus gikk Miller gjennom det han visste. Han var takknemlig for at Abe ikke hadde bombardert ham med spørsmål.

Da han parkerte nede i gaten fra huset, gikk han ut av bilen. Han la merke til et gardinskift og lurte på om det var der den nysgjerrige naboen bodde. Han banket på ytterdøren og viste skiltet sitt.

"Sersjant Miller", sa han. "Beklager det tidligere, men sivile har ikke adgang til åstedet."

"Jeg forstår," sa hun. Så lente hun seg inntil ham: "Jeg går aldri glipp av en episode av CSI, og jeg har lest hver eneste Agatha Christie-roman."

Han smilte. "Har du noe imot at jeg stiller deg noen spørsmål?"

"Nei, jeg hjelper deg gjerne. Jeg er hjemme hele tiden på grunn av bevegelsesproblemer. Kom inn og sett deg." Han fulgte etter henne inn i stuen. Stolen hennes pekte halvt i retning av fjernsynet og halvt i retning av gaten. Det luktet svakt av sigaretter og VapoRub i rommet. Den kraftige kvinnen falt heller ned enn å sette seg i stolen.

Miller lot henne sette seg til rette, og spurte så: "Når så du sist noen komme eller gå fra huset på den andre siden av gaten?"

Hun foldet hendene og la dem i fanget. "Fredag morgen gikk den lille jenta og moren hennes, senere enn vanlig."

"Hun heter Katie, ikke sant? Og moren hennes heter Jennifer?"

"Ja, det stemmer. Og de hadde med seg den dukken."

"Noe mer om fru Walker? Vi hørte at hun kom tilbake til huset etter at hun gikk ut, men uten barnet."

"Ikke som jeg så." Hun stoppet opp. "Å, når jeg tenker meg om, så tok jeg en rask dusj." Hun nølte, så lente hun seg nærmere og hvisket: "Jeg er ikke den som forteller skrøner, men en ting jeg la merke til ved fru Walker den morgenen, var at hun hadde parykk. Jeg tenkte: Hvor i all verden går den kvinnen med den lille jenta si i de glitrende sandalene og med en dukke på en skoledag? Jeg tenkte at hun kanskje tok den med for å vise og fortelle, men det er bare for yngre barn." Hun nølte.

Hun kikket ut av vinduet, da en bil kjørte forbi, og fortsatte. "Og hun som var pyntet sånn og hadde parykk? Det ga jo ingen mening. Og der satt jeg og tenkte på den stakkars lille jenta.

"Jeg har bodd i denne gaten hele mitt voksne liv, og jeg har sett mange merkelige ting. Jeg trenger god tid til å fortelle deg alt sammen." Hun trakk pusten dypt. "Men du er ikke interessert i alt sammen, du er interessert i vandrerne. La meg bare si at den morgenen var det første og sannsynligvis siste gang jeg noen gang så en så uvanlig trio gå langs gaten vår."

"En parykk, hva?" Dette var ny informasjon. Han tok frem penn og papir.

"Ja, det var merkelig. I tillegg til parykken hadde Katie på seg sandaler, upassende for skolen. Da guttene mine gikk på skolen, var slike sandaler ikke tillatt. Det var regler å følge. Alt forandrer seg, alltid til det verre." Hun surmulet. "Dessuten slet det barnet med å henge med, og de hadde nettopp forlatt huset, og hun hadde den dukken på slep."

"Hva med dagen før, så eller hørte du noe?" Han kjente typen hennes. Abe hadde rett. Judy Smith hadde ikke noe bedre å gjøre enn å legge nesen i alle andres saker. Det var ikke akkurat en egenskap han så etter hos en venn eller en nabo, men i dette tilfellet kunne hun ende opp med å bli hans eneste ledetråd.

Hun tenkte seg om. "Dagen før, ingenting. Ingen kom eller gikk." Hun nølte. "Men dagen før den husker jeg noe. Vil du ha en kopp te?" Hun snudde kroppen litt for å se på en katt som gikk forbi.

"Nei takk," sa han. "Fortsett, er du snill."

"På torsdag var jeg ute og hentet mark til sønnen min."

Han så opp fra notatblokken sin.

"Sønnen min fisker på fridagen sin. Legen sier at det er helt i orden at jeg samler mark."

Han nikket. "Bare fakta, er du snill." Han ønsket så inderlig at hun skulle komme til poenget.

"Jeg hørte rop og høye stemmer."

Han satte seg opp, nå interessert igjen. "En kvinnes? Et barns?"

"En kvinne, ja. Og en mann."

Han nikket for at hun skulle fortsette.

"Jeg var ferdig med å hente ormene, og så ble alt stille. Jeg gikk inn igjen."

"Har du noen anelse om hvem mannen var, eller når han kom?"

Hun rynket pannen. "Det kom og gikk menn i det huset. Jeg hadde trengt en omfattende liste for å holde styr på det." Hun plukket opp en pocketroman og luftet seg. "Å, jeg husker noe annet. Det kom akkurat til meg. Da hun kom tilbake på fredag ved middagstid - fru Walker - sto det en bil og ventet. Hun slapp den inn i garasjen."

"Hva skjedde da?"

"Jeg sovnet. Det hender jeg sover her i stolen min. Men jeg hørte det, helt tydelig - en brummende lyd. Som en gressklipper, eller..."

"En sag?"

"Det kunne ha vært en sag."

"Å," sa han. "Så du kjøretøyet kjøre av gårde?"

"Nei." Inngangsdøren åpnet seg med et skrik og smalt igjen. "Charlie?" ropte hun. Charlie var hennes sønn som var taxisjåfør, og etter å ha presentert seg for hverandre fortalte hun ham om samtalen.

"Jeg kom hjem til lunsj fredag ettermiddag," sa han. "Mamma hadde sovnet i stolen, men hun våknet av lyden. Jeg hørte den da jeg gikk fra bilen. For meg hørtes det ut som en motorsag."

"Er dere begge sikre på klokkeslettet?"

De nikket.

Ovenpå hørte Miller en stol skrape mot gulvet. "Er det noen andre i huset?"

For første gang virket kvinnen nervøs, og hun vred hendene mens hun snakket. "Ja, det er den andre sønnen min. Jeg kommer opp om et øyeblikk!" ropte hun, uten å forsøke å reise seg.

En lyd, som fra et såret dyr, runget gjennom huset. Etter to forsøk var hun på beina. "De sier at han ikke er helt frisk i hodet, men han er fortsatt sønnen min."

"Det er i orden, mamma," sa Charlie og klappet henne på armen da hun gikk forbi.

"Jeg vil gjerne treffe ham," sa Miller.

"Klart det - kom opp," sa Judy, mens hun gikk opp den første trappen og holdt seg fast i rekkverket på hver side. Miller gikk bakerst. Da hun nådde toppen av trappen, banket hun forsiktig på før hun gikk inn. "Vi har en gjest her som vil treffe deg, kjære, han er politimann."

Miller dyttet seg inn og rakte ut hånden til mannen - som ikke gjengjeldte tjenesten. I stedet satt han med fingrene på høyre hånd på tastaturet på en liten bærbar datamaskin. Mannen kikket ut av vinduet, mens en bil kjørte forbi og klikket på tastaturet.

Han krysset rommet for å se nærmere etter. Mannen skrev inn registreringsnummeret til politibilen utenfor. Ikke bare på bilen, men på alle kjøretøyene han kunne se. "Er du interessert i kjøretøyer eller registreringsnummer?" spurte han.

"Nei, nei, nei!" ropte han og slo seg selv i hodet med begge knyttnevene.

"Gerald, nå må du slutte med det der!" sa moren og tok tak i begge nevene hans, og etter at han hadde roet seg ned, kysset hun ham på pannen og slapp dem. "Den hyggelige mannen viste bare interesse for arbeidet ditt."

Gerald banket i vei på tastaturet.

"Vi skal gå nå, ikke vær uhøflig og gjør moren din forlegen. Fortsett med det utmerkede arbeidet." Hun lukket døren bak dem. På trappen sa hun: "Han har problemer."

"Har vi ikke alle det," svarte Miller. Tilbake i stuen var Charlie ikke lenger til stede.

Han ventet på at hun skulle sette seg, før han selv satte seg ned. "Du kalte det han gjorde for arbeid, hva mente du med det?"

"Har du noen gang hørt om begrepet heksakosioihexekontahexafobi eller triskaidekaphobia?" spurte hun.

"Jeg er redd for det. Men fobi skiller seg ut. Han har fobier, hva handler det om?"

"Han er redd for tall som seksti-seks og tretten. Det er ingen logisk forklaring på hvorfor. Da han møtte en psykiater, foreslo hun at han skulle skrive ned bokstaver eller tall. Han noterer bilskiltnumre, de er lettest for ham å se når han er på rommet sitt det meste av tiden."

"Det kan være nyttig for oss å se hva han har skrevet ned. Hvor lenge har han gjort det?"

"I årevis, og ja, det kan vi ordne, hvis det kan hjelpe."

"Jeg vet ikke om du vet det, men Jennifer Walker er savnet. All informasjon om hvor hun kommer og går ville være til hjelp."

Han rakte henne kortet sitt. "Der er e-postadressen min. Hvis du kan sende meg filen, trenger den ikke å være fikset eller pen. Jeg skal la folkene mine gå gjennom den og se om det er noe vi kan bruke."

Hun fulgte ham til døren og vinket farvel. Da han gikk, så Miller at gardinene ovenpå åpnet seg litt og trakk seg igjen.

Den unge mannen ovenpå satt på en skattkiste av informasjon. Kanskje hadde han oversikt over hvert eneste registreringsnummer på alle biler som noen gang hadde kjørt inn i gata.

Han lurte på om naboene visste at de og gjestenes biler ble merket. Han smilte. Hvis de visste det, ville de helt sikkert ikke like det - og det var sannsynligvis i strid med alle personvernlover som fantes. Men han hadde et mord å oppklare og en savnet kvinne å finne - og han ville bruke alle midler han kunne få tak i for å finne den bakenforliggende årsaken til det.

Mens han kjørte tilbake til stasjonen, tenkte han på hvor lett det var for Abe å finne den nysgjerrige naboen. Han hadde gode instinkter og oppdaget det raskt, og det var første gang han var på besøk i nabolaget. Det var en rimelig vurdering at alle naboene kjente til Judy Smiths vane med å stikke nesen sin inn i livene deres. Var det derfor den som hadde partert liket, hadde latt det ligge der under dynen i stedet for å kvitte seg med det?

Han dro tilbake til stasjonen. Uansett hvor hardt han prøvde, klarte han ikke å få den fæle stanken av død ut av neseborene. Han sjekket e-posten sin, ingenting fra Smith-kvinnen ennå.

Uten noen meldinger eller ny informasjon å følge opp, gikk han bort til likhuset. Om ikke annet kunne han oppdatere dem med den siste informasjonen - Jennifer Walker hadde hatt parykk. Nå måtte han utvide omfanget.

Det var ikke mye annet han kunne gjøre før de hadde identifisert den døde mannen. Han skulle ønske han kunne huske hvor han hadde sett ham. Men minnet var utenfor rekkevidde.

En ting visste han med sikkerhet, mannen var ute etter noe galt.

KAPITTEL 24

ABE OG EL

DA HAN KOM HJEM, gikk Abe rett inn på kontoret sitt. Han trengte tid alene for å bearbeide alt han hadde sett.

"Bank, bank, bank," sa El da hun kom inn. "Du ser bekymret ut, kjære", sa hun og masserte forsiktig ektemannens skulder.

"Jeg bare tenker", sa han, mens han rettet seg opp i stolen. El fortsatte å massere skuldrene hans, og så flyttet hun hendene til nakken hans.

Da fingrene hennes begynte å gjøre vondt, spurte hun: "Vil du ha en kopp varm te?"

Abe reiste seg. "Ja, men jeg henter den selv." Han forlot kontoret.

El fulgte etter ham: "Skal jeg lage en til deg? Jeg kunne også trenge en kopp te."

"Nei, la meg gjøre det," sa Abe da de nærmet seg kjøkkenet. El fulgte like i hælene på ham.

"Kan du slutte å mase!" sa Abe, noe mer høylytt enn han hadde forventet.

"Er alt i orden?" spurte Benjamin.

El sa: "Alt er bra. Vi holder på å avgjøre hvem som lager den beste koppen te. Så langt tror Abe at han vinner. Nå kan dere fortsette å se på kampen."

Benjamin og Katie var lei av fjernsynet, slo det av og begynte å spille dam.

"Ikke la meg vinne denne gangen!" sa Katie.

"Det gjør jeg aldri!" sa Benjamin, mens kopper og fat klirret og klirret på kjøkkenet.

Noen øyeblikk senere stakk El hodet inn i stuen. "Hvem er det som vinner?" spurte hun.

"Hysj," sa Katie. "Han konsentrerer seg."

Benjamin smilte.

"Det er en nydelig solskinnsdag der ute, og jeg synes dere to burde gå ut og få litt frisk luft. Eller kanskje sparke litt ball!"

"Det er en smart idé. Kom igjen, da!" sa Benjamin.

"Det sier han bare fordi jeg vinner!" Katie kurret, mens hun fulgte etter ham ut døren og ut i hagen.

Fra barskapet i hjørnet av det samme rommet helte El en shot av Abes femti år gamle favorittwhisky opp i et glass. Hun tilsatte en skvett brus. Hun bar det frem til ham.

"Jeg tenkte at noe sterkere kanskje kunne roe nervene dine."

Han smilte og takket henne, mens han tok henne på hånden. "Jeg er lei for det, El."

Hun kysset ham på pannen og gikk så bort til kjøkkenvinduet som vendte ut mot hagen. El lo, og snart gjorde Abe henne selskap. Sammen betraktet de de to barna som løp og lekte i hagen.

Abe tok noen slurker og slappet av. Han håpet at likposen han hadde sett ved huset, ikke inneholdt liket av Katies mor, Jennifer Walker.

KAPITTEL 25

SGT. MILLER

MILLER ANKOM LIKHUSET OG hadde en kort prat med sjefen for rettspatologi, J. T. Patterson, som deretter måtte forlate ham for å ta seg av en identifikasjon.

Noen øyeblikk senere ankom obduksjonsteknikerne med likposen fra Walkers hjem. Vedlagt var et identifikasjonsark og en beholder merket Personal Effects. En fotograf tok bilder mens forseglingen ble fjernet. Deretter ble liket plassert på undersøkelsesbordet. Miller holdt seg unna, mens liket ble pakket opp av betjentene.

Patterson kom inn i rommet igjen og trakk ham til side. "En OPP-betjent er oppe i visningsrommet. Han har nettopp identifisert liket av sin kone."

"Levesque?" spurte Miller.

"Ja, kjenner du ham?"

"Nei, men det var jeg som meldte fra om liket, og basert på informasjonen jeg så i databasen, trodde jeg det var henne."

"Har du noe imot å ta en prat med ham? Der oppefra kan du se alt som skjer her nede. Det vil ta en stund før vi begynner obduksjonen."

"Ja visst."

"Når vi har begynt, må du gjerne stille spørsmål. Vi vil kunne høre og svare deg, selv om svarene våre kanskje ikke kommer umiddelbart. Vi prioriterer personens kropp."

"Og det med rette", sa Miller. Så forlot han rommet, og på veien stoppet han kort for å hente en kopp varm te fra automaten. Han ga den til Levesque, presenterte seg og sa: "Jeg beklager det som skjedde med kona di."

"Merci. Hun var alt for meg, mon monde entier. Barna våre klarte seg heller ikke. Det knuste hjertet hennes. Det var derfor vi flyttet hit, for å få et miljøskifte og for å begynne på nytt." Han kjempet mot et hulk, så tok han en slurk av den varme teen. "Bra," sa han.

"Jeg er veldig lei for det."

"Takk skal du ha."

Miller og Levesque satt ved siden av hverandre mens personalet gjorde seg klar til å begynne obduksjonen.

"Kan vi gå et annet sted?" sa Miller.

"Nei, det er ikke min kone. Jeg har det bra."

Patterson kom tilbake til obduksjonsrommet nedenfor, kledd i operasjonsdrakt, operasjonsmerke, hansker og høye, svarte støvler. Miller og Levesque så på mens de tok prøver og la dem i beholdere som deretter ble plassert i biosikkerhetsskap.

Da det så ut til at de var ferdige, spurte Miller: "Hva vet dere så langt?"

"Takk for at du ventet", sa Patterson. "Basert på blåmerkene rundt nesen og munnen, og de blodskutte øynene, er det høyst sannsynlig at han døde av kvelning. Vi må imidlertid vente på at blodprøvene skal komme tilbake fra laboratoriet for å bekrefte det."

"Så han var død før han ble kuttet i to?"

"Det vil jeg si," bekreftet Patterson.

"Jeg kjenner denne mannen," sa Levesque og holdt på å søle ut koppen med te som han nå hadde plassert på avsatsen.

Miller rykket nærmere. "Hvem er han? Jeg kjenner ham igjen, og det gjorde også mine offiserer, men ingen av oss kunne huske hvor vi hadde sett ham."

"Han heter Mark Wheeler. Vi har etterforsket ham og hans forbindelser i narkotikaselgermiljøet. Han er sønn av F. D. Wheeler, milliardæren og mediemagnaten."

Miller husket nå at han hadde møtt både far og sønn på innsamlingsarrangementer. "Sier navnet Jennifer Walker deg noe?"

"Ja, hun var hans siste erobring - hans lille sidegjøremål. Hva skjedde med henne?"

"Vi fant ham slik i huset hennes, og hun er savnet."

"Er hun mistenkt?"

"Definitivt. Og hør her, kroppen hans var kuttet i to med en sag. Plassert i sengen, som om han satt ved siden av seg selv."

"Høres ut som en uttalelse."

"En uttalelse fra hvem? Og for hvem?"

"Det vet jeg ikke," sa Levesque.

Miller la til. "Jennifer Walker hadde en liten jente; visste du det?"

"Nei, det visste jeg ikke. Er hun også savnet?"

"Nei, hun er i sikkerhet, men ingen tegn til moren. Og det huset var et eneste rot. Hun kan ikke gå tilbake dit."

Levesque reiste seg. "Jeg er lei for å høre dette, men de venter på meg på begravelsesbyrået. Hvis jeg kommer på noe som kan hjelpe, skal jeg si fra. Takk for de vennlige ordene og for koppen med te." Han kastet den tomme koppen i søppelbøtten og forlot rommet.

Da Patterson så Levesque gå, sa han: "Jeg ringer deg når vi vet noe sikkert. Det er ingen vits i å bli her. Det vil ta dager før laboratoriet får resultatene på noen ting, på andre kanskje timer hvis vi er heldige."

"Takk."

Miller gikk tilbake til stasjonen og klikket Mark Wheelers navn inn i databasen. Det fantes masse informasjon om ham, både god og dårlig. Mest dårlig, siden han var godt inne i narkotikamiljøet. Han brukte ettermiddagen på å fylle ut rapporter og sendte et par betjenter ut for å underrette de pårørende.

Miller gikk rundt på stasjonen og sjekket hvor det var behov for ham, da Patterson ringte flere timer senere. "Vi har nettopp fått resultatene: Dødsårsaken var kvelning. Jeg hadde rett - han var død da de kuttet ham i to."

KAPITTEL 26

HJEM, KJÆRE HJEM

KLOKKEN VAR NÆR MIDNATT. Det var stille i huset, bortsett fra én lyd: lyden av Abes bare føtter som klapret mot tregulvet mens han gikk frem og tilbake. Han var for det meste påkledd, bortsett fra sokkene og skoene. Han sukket, la hendene på ryggen og gikk. Så snudde han seg og gikk i motsatt retning.

El sto i nattkjolen og smurte inn kinnene og pannen med kald krem. Hun støttet puten opp og tok en bok med Mary Olivers poesi fra nattbordet og begynte å lese. Selv om Mary var hennes favorittpoet, klarte ikke El å fokusere på ordene eller rytmen i linjene.

Hun lukket boken, trakk opp dynen og så på at mannen hennes gikk opp og ned. Til slutt spurte hun: "Hva er i veien, min kjære?"

Abe stanset opp et øyeblikk, men begynte så å gå igjen.

"Fortell meg hva det er. Du vet hva de sier om å dele et problem med andre."

"Jeg kan ikke."

El vendte sengen ned og gikk i tøflene sine. Hun tok Abe i hånden og satte ham ned på enden av sengen. Hun satte seg på kne, holdt hodet hans mellom hendene og begynte å massere tinningene hans. Abe gjorde motstand til å begynne med, mest fordi han var overtrøtt, men snart ble pusten hans roligere. Hun knappet opp knappene og tok av ham skjorten, før hun byttet den ut med nattskjorten hans. Hun forsøkte å kneppe opp buksene hans.

"Jeg kan gjøre resten selv," sa Abe, mens han løsnet buksene og trakk ned undertøyet.

El plukket opp de skitne klærne og la dem i skittentøyskurven. Da hun kom tilbake, sto Abe som en liten gutt og ventet på at moren skulle putte ham i sengen.

"Som du vil," sa hun, tok ham i hånden, puffet opp puten hans og la ham til rette under dynen.

"Takk, kjære", sa han og gjespet.

El gikk tilbake til sin side av sengen og tok av seg tøflene. Hun gled inn under dynen, eller forsøkte, men som alltid var det mannen hennes som tok det meste av varmen.

Hun flyttet puten stille og rolig, forsøkte å komme til ro, men klarte det ikke. I stedet lyttet hun til hvordan pusten hans endret seg, og da visste hun at han sov tungt.

Månelyset kom inn gjennom gardinene og kastet en magisk skygge på hennes side av sengen. Hun slumret inn og husket dagen da hun møtte mannen sin for første gang.

Hun og faren jobbet i familiebedriften. De solgte stoffer fra hele verden og alt de kunne få tak i av sytilbehør. Faren satte sin ære i å selge de nyeste og mest oppdaterte symaskinene. Moren, som hun ikke hadde noen minner om, hadde vært inspirasjonen til butikken. Moren hadde dødd da hun fødte søsteren.

Da de startet forretningen, var det hun og faren som gjorde det meste av arbeidet. Søsteren hjalp til når hun kunne. De mest solgte og ettertraktede stoffene var de som ble importert fra Asia og Europa.

Så en dag kom det inn en stoffselger: Abe. Faren hadde møtt ham på en innkjøpskonferanse i New York. Han snakket varmt om den unge mannen og sa at han var født til å være en "stoffberører".

"Gutten har en evne", sa faren. "En gudegitt gave, til å føle kvalitet og til å gjenkjenne trender før de blir trender i tekstilindustrien."

"Hvorfor ansetter vi ham ikke, far?" spurte El.

"Jeg tror ikke vi har råd til ham. Men jeg har invitert ham med på middag. Du kan lage din spesielle stekte kylling, kjeks og potetmos. Vi kan finne ut om veien til en manns hjerte virkelig går gjennom mat."

Hun lo, men hun var spent på å møte denne nye mannen. Denne Abe, med gaven.

Den ettermiddagen kom han til butikken. Hun mistenkte at det var ham, nesten med en gang. Han var litt over 1,80 høy, kledd i en grå dress som satt som et ekstra lag hud. Det blonde håret var bakoverklippet, ryddig, uten for mye olje. Hun ble tiltrukket av ham, som en bie av basilikum, da hun så ham stryke fingrene gjennom det dyreste utvalget av importerte stoffer.

Faren gikk ham i møte. "Velkommen, Abraham", sa han mens de håndhilste. "Dette er datteren min, El."

"Jeg foretrekker å bli kalt Abe," sa den unge mannen.

El rødmet, hun hadde aldri hørt noen være uenig med faren før. Selv i dag ble hun varm i kinnene når hun tenkte på det øyeblikket.

Så var det andre øyeblikk. Sterkere øyeblikk da hun fikk gåsehud på armene. Det var en magisk forbindelse. De var som skapt for hverandre. I bryllupsgave ga faren dem butikken.

To år senere døde faren, og søsteren flyttet bort for å stifte familie med mannen sin. I mellomtiden drev hun og Abe forretningen videre, selv om det var tøffe tider.

El, som alltid hadde ønsket seg barn, klarte ikke å bli gravid. Etter at testene var fullført, ble det bekreftet at hun ikke kunne bli gravid. Hun var redd for å skuffe Abe, men han brydde seg ikke om det - eller hvis han gjorde det, lot han ikke henne få vite det. Forretningen ble deres baby.

Så, etter at de hadde vært gift i nitten år, kom det en ung gutt inn i butikken. Abe holdt øye med den fillete unggutten, ventet at han skulle stjele noe og var klar til å ringe politiet.

Men El bemerket: "Se, han er også en tøytyv."

De gikk bort til gutten, som straks brast i gråt.

"Vil du ha en kopp kakao?" spurte El.

Han nikket og fulgte etter henne inn på kjøkkenet, med Abe i hælene. Hun lagde en kopp varm kakao til ham sammen med to skiver ristet brød, og de satte seg sammen ved bordet.

Gutten strakte seg etter en brødskive, men så på de skitne hendene sine og skjulte dem.

"Toalettet er rett nede i gangen," sa El. "Du kan friske deg opp der inne."

Mens han var borte, sa Abe: "Jeg håper du ikke har tatt deg vann over hodet, kjære. Det er åpenbart at han er på rømmen. Han lukter og - skal vi ikke ringe politiet og la dem finne ut hvem han er?"

"Han er liten og harmløs. Se om han vil fortelle oss om sin situasjon først. Kanskje vi kan hjelpe."

"Som du vil," sa Abe da gutten kom tilbake med rene hender og et skinnende rent ansikt.

Han spiste toasten først, så blåste han på den varme sjokoladen og drakk den ned. "Takk skal du ha."

"Ingen årsak," sa El. "Er det noen du vil at vi skal ringe og be dem komme og hente deg? Moren eller faren din?"

Han brast i gråt. "De er døde."

El gikk bort til ham, og hun la armene rundt ham mens han fortalte om bilulykken, om fosterhjemmet, om alt det vonde som hadde hendt ham. Mest av alt om at han ikke kunne dra tilbake.

"Jeg har en venn nede på politistasjonen", sa Abe. "Han kan kanskje hjelpe deg."

El holdt gutten i armene sine mens de ventet på Abes venn. "Han er en snill mann", sa hun. "Han vet nok hva han skal gjøre." Gutten klynget seg inn til henne.

Sersjant Miller kom en stund senere, og da hadde El allerede tilbudt gutterommet til gutten, inntil noe mer permanent kunne ordnes. Slik ble de en familie.

Nå var de alle avhengige av hverandre, og butikken solgte ikke stoffer lenger. Likevel hadde hun to tekstilhåndverkere i livet sitt, og hvem vet når det kunne bli bruk for talentene deres igjen. Hun visste at alt var syklisk.

El så ned på sin sovende ektemann. Hun kysset fingeren sin og presset den mot pannen hans, forsiktig så hun ikke vekket ham. Han smilte, akkurat da Katie ga fra seg et skrik nede i gangen.

KAPITTEL 27

KATIE

"KATIE", HVISKET EN STEMME. "Katie."

"Mamma, hvor er du?"

Den lille jenta gned seg i øynene og klarte først ikke å huske hvor hun var. Hun kastet dynen tilbake og gikk ut på det kalde gulvet. Så gikk hun over til den andre siden av rommet og skrudde på lyset. Nå gikk hun mot vinduet der gardinene svirret rundt.

"Mamma, er det deg?"

Ventilasjonsåpningen i gulvet under vinduet, og varmen som strømmet ut fra den, trakk henne til seg som en magnet. Da hun tråkket på ventilasjonsåpningen, blåste nattkjolen seg opp rundt henne og fylte seg med varme fra varmen.

"Katie", hvisket stemmen igjen. "Hvor er du, Katie?"

"Jeg kommer, mamma", sa hun og prøvde å se ut av vinduet, men det var for høyt til at hun kunne nå det.

"Jeg venter på deg," sa moren. "Jeg venter her."

Ivrig etter å se henne lette barnet etter noe å stå på. Hun tok en vase med solsikker i fra et bord og trakk den inn under vinduet. Skjøv sengen ved siden av den.

Stod først på sengen, så på krakken. Trakk gardinene fra hverandre. Det var bekmørkt i gaten nedenfor, bortsett fra lyset fra gatelyktene.

"Mamma!" ropte hun og prøvde å åpne vinduet. Da hun ikke nådde den øverste låsen, knyttet hun nevene og banket på glasset.

"Katie", hvisket moren. "Katie."

"Vent, mamma, vær så snill, vent på meg."

Hun gikk ned fra bordet, opp på sengen, ned på gulvet og bort til bokhyllen. Hun løftet en bokstøtte formet som bokstaven A med to hender. Hun plasserte den på sengen, mens hun klatret opp på den. Så plasserte hun den på bordet, mens hun klatret opp på det. Hun løftet A-en og kastet den mot glasset.

Glasset knuste både innvendig og utvendig, og traff henne og området rundt henne med skår.

"Mamma!" ropte hun.

Hun sov fortsatt tungt, skjelvende, mens hun så ut av det knuste vinduet.

KAPITTEL 28

EL OG KATIE

E L OG SNART OGSÅ Benjamin tok seg gjennom gangen og inn på rommet til lille Katie. Da de fant henne, opplyst av månen, lå hun i en ball på gulvet ved siden av et omveltet bord. Det blonde håret og nattkjolen beveget seg sammen, som om brisen fra vinduet var ett med den lille jentas pust. De la merke til blod som samlet seg rundt henne. Som et spøkelse som våknet i natten, reiste hun seg og ropte: "Mamma!"

"Forsiktig, ikke vekk henne," hvisket El.

De så hvordan ranken fra gardinene fløt mot henne. Ansiktsuttrykket hennes, det tomme blikket ut i intet, skremte Benjamin. I noen sekunder glemte han å puste.

Måneskyggen drev over henne. Den fremhevet skadene hennes. Det var som om hun befant seg på en øy, omgitt av glass.

"Stopp, ikke rør deg", hvisket El, men Benjamin hørte ikke etter. Han feide over gulvet og trakk Katie inn i armene sine. Kroppen hennes ble slapp. Han sto der og ventet, ute av stand til å røre seg av frykt, mens han hvisket navnet hennes.

El kom tilbake med førstehjelpsskrinet.

Han plasserte henne på sengen.

"Sett varmt vann i en bolle til meg." Han rørte seg ikke. "Benjamin, varmt vann. Og en ansiktsklut og håndklær."

Han nikket og forlot rommet, mens El vurderte situasjonen. Hun var utdannet sykepleier, for lenge, lenge siden, før hun møtte Abe. Hun håpet hun kunne huske hva hun skulle gjøre.

Lyden av bloddråper som dryppet på de rene, hvite lakenene, fikk henne ut av hodet. Hun satte i gang med å jobbe med sårene, og brukte en pinsett til å fjerne de små skjærene. Katie sov fortsatt.

"Hun må ha gått i søvne", hvisket Benjamin.

"Hold henne stødig, så jeg kan se etter glassbiter og fjerne dem."

"Skal vi ringe nødtelefonen?"

"Jeg tror ikke det," sa El, "jeg tror vi klarer det." Hun fortsatte til alle sårene var desinfisert og bandasjert.

Katie klynket, men våknet ikke.

KAPITTEL 29

ØDELAGT GLASS

"VI MÅ LEGGE HENNE på siden nå", sa El.

Benjamin støttet Katie opp på siden, mens El undersøkte føttene hennes. Bare noen få glassplinter hadde brutt gjennom overflaten på Katies føtter. De fleste satt bare fast i huden nær overflaten og var lette å få ut.

Hun pustet raskere ved flere anledninger, men hun åpnet ikke øynene. El la en varm klut på Katies føtter og pakket dem inn, nå som blødningen hadde stoppet. Deretter løftet hun begge føttene opp på en pute.

"Jeg blir her hele natten," sa El. "Jeg vil ikke ta sjansen på å la henne være alene, eller å vekke henne når jeg reiser meg fra sengen."

Benjamin gikk for å ta en nærmere titt på det knuste vinduet. Først trodde han at noen hadde forsøkt å bryte seg inn, men så fikk han øye på bokstøtten som lå på gulvet. Han plukket den opp og satte den tilbake i bokhyllen. "Jeg kommer straks tilbake," sa han.

Han gikk ned i kjelleren. Der fant han et plastark som han teipet over vinduet til de kunne reparere det. Etter at han hadde teipet det til, feide han bort så mye av glasset han kunne.

Utmattet fant han seg en plass ved enden av sengen og sovnet.

Vinden suste av og til gjennom hullene i teipen, men ingen av de tre sovende lot seg vekke av det.

KAPITTEL 30

WAKEY-WAKEY

L YDEN AV EN BLÅSKRIKE som sang utenfor soveromsvinduet, fikk Abe til å åpne øynene. Han gjespet og strakte seg. Da han merket at kona ikke var der, ropte han navnet hennes. Da hun ikke svarte, så han at tøflene hennes manglet. "El!" ropte han mens han gikk nedover gangen.

Da han kom til Katies rom, stanset han og kikket inn. El var der, og det var Benjamin også.

"El?" hvisket han, men hun våknet ikke.

Da hørte han en plystrende lyd, etterfulgt av flaksende klaffer. Han gikk på tå mot vinduet for å undersøke.

Gardinene var på sned, mens glasset var midlertidig reparert med plast og maskeringstape. Han klarte ikke å finne noen mening i det, så han forlot rommet, lukket døren bak seg og gikk ut på kjøkkenet.

Solen var i ferd med å stå opp på den dypblå himmelen, mens han fylte vannkokeren og så en ny dag bli til. Nå skulle han ringe forsikringsfolkene for å få dem til å komme og vurdere skadene, men først måtte han finne ut hva som hadde skjedd.

Det rumlet i magen, så han satte inn to skiver ristet brød og trykket ned hendelen. På vei til kjøleskapet hentet han et krus og en skje. Mens kjelen kokte ferdig, tok han melk og smør ut av kjøleskapet og puttet en tepose i kruset. Han helte i det dampende varme vannet akkurat idet brødet var ferdig ristet.

"God morgen," slurvet Benjamin.

"God morgen, gutten min," sa Abe.

Noe uhørlig fra Benjamin.

"Sett deg ned, kjelen er varm, så skal jeg skjenke deg en kopp te."

Benjamin adlød uten å si noe.

"Vil du ha en skive ristet brød?"

Tenåringen nikket.

Abe tok av seg de ristede brødskivene og satte ned en skive, så en til. Han la en tepose i et annet krus og helte i vann, mens han rørte rundt slik at det trakk lynraskt.

Den eldre mannen visste at tiden var avgjørende her, ellers ville Benjamin sovne igjen - og da ville han være ubrukelig resten av dagen. Da teen var klar, løftet Abe teposen ut av kruset, tilsatte to sukkerbiter og en skvett melk.

Abe tok guttens hender, som hvilte på bordet, og la dem på kruset med varm te, én etter én. Han så på at Benjamin kjente lukten av det dampende brygget og våknet til liv, før han tok en slurk.

Abe så at gutten nå var ordentlig våken, og gikk for å gjøre ferdig toasten.

Abe så på mens Benjamin forandret seg og vendte tilbake til de levendes land litt etter litt. Imens drakk han teen sin og spiste resten av ristet brød.

Det gikk noen øyeblikk der solen kom inn gjennom vinduet og danset på den unge mannens profil. Da det virket som om han kunne føre en samtale, eller kanskje det var håpefulle tanker, spurte Abe: "Har du tenkt å fortelle meg hva som skjedde på Katies rom i går kveld?"

"Nei."

"Vel, det har jeg aldri gjort."

"Ikke med mindre du forteller meg hva som skjedde hjemme hos Katie i går."

"Å, jeg ser at du er enda mer våken enn jeg trodde du var," sa Abe og lo. "Men det kan jeg ikke."

"Og hvorfor ikke?" sa Benjamin mens han bet i toasten. Det sprø og salte smøret smakte så godt.

"Fordi min gamle venn sersjant Miller har lovet meg taushetsplikt. Hvis jeg kunne fortelle deg det, ville jeg gjort det. Fortell meg hva som skjedde med vinduet. Jeg må ringe forsikringsfolkene, og det kan jeg ikke gjøre før du forteller meg hva som skjedde."

Benjamin fortsatte å spise toasten sin.

"Så, vil du leke spørsmålsleken? Spørsmål nummer én: Prøvde noen å bryte seg inn og ta barnet?"

Benjamin, som nå hadde spist ferdig teen og toasten, lente seg tilbake i stolen og la hendene bak hodet.

"Jeg tror hun må ha gått i søvne. Etter det jeg kunne se, var det bokstøtten som ble brukt til å knuse vinduet. Men jeg kan ikke for mitt liv finne ut hvorfor. Ingenting av det gir noen mening."

"Stakkars barn. Hvorfor vekket du meg ikke?"

Benjamin lente seg lenger bakover, slik at kjøkkenstolens fremre ben løftet seg fra bakken. "Sersjant Miller ville aldri få vite at du hadde fortalt meg noe."

"Tillit er tillit. Enten gjør du det, eller så sverger du på det. Eller så gjør du det ikke. Det kommer an på hva slags person du er. Jeg holder ord, og det gjør min venn også. Sersjant Miller og jeg stoler på hverandre, og akkurat som du og jeg holder vi ord." Abe fylte opp koppen sin fra tekannen. "For å være ærlig vet jeg veldig lite. Han fikk meg til og med til å bli i bilen, i sikkerhet. Jeg kan bare gjette meg til det jeg vet ut fra det som har skjedd, men jeg vil ikke gi feil informasjon videre."

"Du må ha sett eller hørt noe," sa Benjamin, etterfulgt av en slurpende lyd. Han visste at Abe ikke hadde til hensikt å bryte vennens tillit, og skiftet tema.

"Alt skjedde så fort, med Katie. Hun skrek, og vi løp inn. Hun hadde glassbiter i føttene. El fikk dem ut. Jeg visste ikke at hun var utdannet sykepleier, og det kom godt med. Vi fikk kontroll på situasjonen, og det var ingen vits i å vekke deg."

"Var hun alvorlig skadet? Jeg så blod på gulvet."

"El bekreftet at skadene hennes var mindre. Katie sov gjennom det hele, mens El trakk ut glasskårene med pinsett, og til og med da hun brukte desinfeksjonsmiddel på sårene."

"Har du lagt merke til," sa Abe, "at barnet ikke ler så mye? Hun fniser av og til, men hun ler ikke slik et barn skal le."

"Alle er forskjellige, kanskje hun bare er sjenert."

"Det er også tristhet. Jeg mener bak øynene hennes. Noe velkjent, men likevel fengslende."

"Jeg kan ikke si at jeg har lagt merke til noe sånt, er du sikker på at du ikke innbiller deg det?"

"Jeg så det blikket en gang, da du først kom til oss," tilbød Abe.

"Jeg?"

"Kanskje ikke frykt, kanskje sorg eller tristhet, men det var konstant, smerte, anger, omsorgssvikt. Alt sammen i ett. Det er fremdeles der i øynene dine, men sjelen din sender også ut en strøm av lys som overmanner det, hva det enn er. Du har funnet deg selv, overvunnet det, funnet din egen sannhet. Men lille Katie trenger å bli helbredet, bli tatt vare på slik jeg tok vare på deg."

Benjamin puttet en ny tepose i kruset, rørte rundt et par ganger, tok den ut, tilsatte sukker og melk og tok en slurk. "Hun og El har et bånd."

"Det har du rett i, og det er best jeg gjør meg klar til å åpne butikken. Si fra når frokosten er klar," sa Abe, satte oppvasken i vasken og gikk for å gjøre seg klar til jobb.

I stua skrudde Benjamin på fjernsynet. Han kjente straks igjen Katies hus. Det var kameraer og medier overalt. Eiendommen var avsperret med gul polititeip. Han visste allerede at noe ille hadde skjedd der. Nå ville han finne ut hva. Han skrudde opp volumet. Gikk nærmere.

Reporteren, iført marineblå dress og briller med mørk innfatning, sto ved siden av en hvit varebil med initialene til det lokale fjernsynsselskapet på.

"Dette er Carly Wright, jeg rapporterer fra Ontario Street, der det nylig ble funnet et lik. Mannen er identifisert som Mark David Wheeler. Hans nærmeste familie er underrettet. Politiet leter etter vitner som så ham gå inn i dette huset bak oss, der Jennifer og Katie Walker bor. (Hun holder opp to bilder.) Begge er savnet og ble sist sett i nærheten av vannkanten fredag morgen."

Vent litt, Katies mor hadde blondt hår på bildet. Da han så henne, var håret hennes svart - hadde hun parykk den dagen ved vannkanten? Og hvis ja, hvorfor?

Reporteren fortsatte. "Mark Wheeler kommer fra en velkjent familie i denne regionen. En familie som har hjulpet mange veldedige organisasjoner opp gjennom årene. Nærmere opplysninger om begravelse og besøk følger. Hvis noen har informasjon om fru Walker eller datteren hennes, vennligst kontakt det lokale politiet eller ring meg."

Han slo armene rundt seg selv og tenkte på et lik i Katies hus. Hele kroppen hans begynte å skjelve. For å få tankene bort fra nyhetene gikk han tilbake til kjøkkenet og satte på vannkokeren. Mens den kokte, så han ut av vinduet.

Solstrålene kysset fortauet, ekornene løftet løv og fuglene fløy inn og ut av matfatet. De ante ikke at det hadde blitt begått et drap, eller at en liten jente hadde våknet skrikende med glasskår i huden. Livet deres fortsatte, på samme måte, uansett hva som skjedde med menneskene i husene som ga dem mat.

Da vannkokeren plystret, skrudde han av brenneren, men laget ikke en ny kopp te. I stedet fortsatte han å betrakte normaliteten utenfor kjøkkenvinduet, og tenkte ikke på noe annet før han ikke lenger følte trang til å skjelve eller riste.

KAPITTEL 31

KATIE OG EL

"MAMMA! MAMMA! MAMMA!" KATIE skrek med fortsatt lukkede øyne.

Mens morgensolen strømmet inn gjennom den blafrende plasten, holdt El Katie i armene sine. "Det kommer til å gå bra, lille venn."

Katie åpnet øynene - hun var ikke hjemme, og hun var ikke i sin egen seng. "Mamma!" ropte hun. "Hvor er mammaen min?"

El slapp henne da hun trakk seg unna.

Benjamin, som hadde hørt Katies skrik, tok over. "Katie, du har det bra, og alle leter etter mammaen din. Husker du El? Og husker du meg, Benjamin?"

Katie strakte seg ut og tok Benjamins hånd og deretter El's. Hun vugget dem mot kinnene mens tårene rant, så la hun merke til bandasjene på hendene hennes. Hun sparket av seg dynen og så de beskyttende bandasjene på føttene hennes. "Hva er det som har skjedd?"

"Vi håpet at du kunne fortelle oss det", svarte Benjamin.

Katie sparket med føttene mens hun kjempet for å fjerne bandasjene. Da de løsnet, forsøkte hun å fjerne dem hun hadde på hendene. El tok tak i hendene hennes og la dynen tilbake over føttene hennes, mens han nynnet for å roe henne ned. I løpet av få minutter hadde Katie sunket sammen mot skulderen hennes og hvilte stille.

Noen øyeblikk senere sa Katie: "Jeg husker at jeg hørte mamma rope på meg."

"I en drøm?" spurte Benjamin.

El strøk Katies hår bak øret hennes.

"Gjorde jeg det," spurte den lille jenta. "Knuste jeg vinduet?"

"Hysj nå, barn", sa El. "Benjamin har reparert det, og det er snart tilbake som før. Det spiller ingen rolle hvordan det ble knust. Det eneste som betyr noe for oss, er sikkerheten din. Vinduer kan alltid repareres."

"Men ikke jeg?" spurte Katie.

El ga henne en klem. "Du er perfekt akkurat som du er."

Benjamin spurte: "Kan du huske noe? Noe som helst om drømmen?"

"Mamma ropte på meg, det er alt jeg husker."

De tre satt stille sammen. El tenkte på hva som kunne ha skjedd. Benjamin tenkte på hvor glad han var for at hun ikke hadde blitt tatt eller skadet alvorlig. Katie lurte på hvor moren var, og hva de skulle ha til frokost.

"Jeg er sulten," sa hun og klappet seg på den knurrende magen.

"Benjamins grisebakkeselskap står til tjeneste," sa han.

Katie la armene rundt halsen hans og holdt godt fast, og så gikk de ut på kjøkkenet.

"Vil du være min lille pannekakehjelper?" spurte El. Katie nikket og smilte, og Benjamin fant en plass til henne på kjøkkenbenken. "Det er en hemmelig familieoppskrift", sa El mens hun knuste to egg i melet og begynte å røre. Da det var klart, brukte hun en øse til å helle røren over på den varme grillen. "Nå er det på tide å snu dem. Ser du hvordan de bobler?" Hun hjalp den lille jenta med å snu pannekakene.

"Det er lettere enn jeg trodde det ville være", sa Katie. "Spesielt med disse store ovnsvottene på."

"Har du noen gang hjulpet moren din med å lage mat?"

"Noen ganger, men hun lot meg aldri sitte på kjøkkenbenken eller snu pannekaker."

"Matlaging kan være gøy."

"Ikke å kutte opp løken - den får meg til å gråte, og jeg liker ikke hvordan den smaker heller."

El lo. "Jeg skal vise deg en hemmelighet en gang, hvordan man skjærer dem under vann, så du slipper å gråte." Så til Benjamin: "Snart klar, kan du si fra til Abe?"

Katie lo. "Skjære opp løk i badekaret? Det er morsomt, El. Føttene mine ville stinke."

"Nei, dummen. Jeg mener i vasken. Men du har rett, hvis du hadde kuttet dem opp i badekaret, ville du definitivt fått stinkende føtter og alt annet som stinket."

Katie og El fniste mens de dekket bordet sammen. Snart kom Benjamin og Abe til. Alle spiste seg mette, så sa Abe at han måtte tilbake til butikken.

"Jeg skal rydde opp," sa Benjamin. "Men det ville ta halvparten så lang tid hvis du hjalp meg."

"Jeg antar at kundene kan vente," sa Abe.

"La oss få deg kledd på," sa El til Katie, og de forlot kjøkkenet.

Da de var utenfor hørevidde, sa Benjamin: "Vi må snakke sammen, Abe."

✳✳✳

"**H**VA ER DET SOM skjer?" spurte Abe.

"En mann ved navn Mark Wheeler ble funnet død i Katies hus. Det var på nyhetene."

"Ah..."

"Er det alt du har å si?"

"Jeg må tenke litt," sa Abe. "Vi kan like gjerne jobbe mens vi rydder opp."

Da alt var tilbake på plass, gikk Benjamin inn i stuen og klikket på fjernsynet.

"Det er best du lukker døren," sa Abe, noe Benjamin gjorde.

"Jeg trodde du måtte tilbake til butikken."

"Ja, men i forbifarten så jeg at nyhetene var på. Han gikk tvers gjennom rommet og skrudde opp lyden.

"Det kunne jeg ha gjort med denne," sa Benjamin og holdt opp omformeren.

"Allerede gjort," sa Abe og satte seg ned.

En annen reporter, som lignet Clark Kent, sto på plenen foran Walker-eiendommen.

Han sa: "Mark Wheelers familie er godt kjent i dette lokalsamfunnet. I årenes løp har deres generøsitet berørt og forbedret mange liv gjennom donasjoner til veldedige organisasjoner og stiftelser. Men påstander om en forbindelse til narkotika er under etterforskning."

"Å nei", sa Benjamin.

"Hysj."

Reporteren fortsatte. "Vi leter etter beboerne i huset bak meg. Jennifer Walker og datteren Katie Walker." Han holdt opp et bilde. "Hvis noen har sett eller har informasjon om hvor Katie og Jennifer befinner seg, vennligst ring oss, eller ta kontakt med det lokale politiet."

"Hva om noen har sett oss shoppe med Katie?"

"Hysj."

"Alle som har informasjon om Mark Wheeler, kan ringe den konfidensielle hotlinen. Nummeret står nederst på skjermen." Han holdt opp bildet av Jennifer og Katie igjen. "Det er viktig at vi finner disse to før de kommer til skade. Hvis du er der ute og har sett eller vet noe om hvor de befinner seg - ring politiet. All informasjon kan være til hjelp. Selv informasjon som virker ubetydelig for deg, kan gi oss noen ledetråder slik at vi kan hjelpe dem. Doug Falcon rapporterer fra SJB TV."

Abe og Benjamin var tause i noen minutter. Så husket Benjamin at Katies mor hadde mørkt hår den dagen han så henne, og på fotografiet som reporteren holdt opp, hadde hun blondt hår. Benjamin fortalte ham hva han husket.

"Ja, den nysgjerrige naboen jeg snakket med, Judy Smith, nevnte parykken."

"Mener du at du allerede har fortalt sersjant Miller om det?"

"Nei, men det burde jeg nok ha gjort."

"Du burde definitivt fortelle betjent Miller om parykken. Men hva om noen vet at Katie er her sammen med oss? Hva om det var derfor vinduet ble knust i går kveld? Katie sa at hun hørte moren rope. Var hun ute på gaten, under Katies rom, og ropte på henne?"

Benjamin hoppet opp.

"Stopp," sa Abe. "For det første sa du at bokstøtten ble brukt til å knuse vinduet fra innsiden. Katie hadde sannsynligvis et mareritt. Dessuten vet sersjant Miller at vi har Katie her hos oss, og han ville ikke la den informasjonen komme ut til noen."

"Likevel har vi tatt henne med overalt. Til butikken, til en kafé. Noen må jo ha lagt merke til det. Hun er et særpreget barn."

"Sett deg her, og ikke vær bekymret. Jeg skal ringe sersjant Miller, eller enda bedre, jeg stikker ned og tar en prat med ham."

Han gikk mot døren. "I mellomtiden kan du holde deg innendørs og be El om å holde butikken stengt i dag."

"Hvilken grunn skal jeg gi henne? Skal jeg forklare alt vi har fått vite om Wheeler?"

"Absolutt ikke. Sørg for at TV-en aldri står på nyhetene når Katie er til stede."

"Det skal jeg gjøre."

KAPITTEL 32

NEDE PÅ POLITISTASJONEN

A BE GIKK TIL POLITISTASJONEN hvor det pågikk en pressekonferanse. Sersjant Miller sto ved roret. Miller sto bak en talerstol mens mikrofonen var hevet til hans høyde. En flokk journalister trengte seg inn med kameraer. En reporter ropte ut et spørsmål. Abe albuet seg gjennom mediesirkuset for å komme seg opp trappene og inn i bygningen. Han hatet folkemengder, og å befinne seg midt i dette totale kaoset var ikke et sted han ønsket å være. Miller anerkjente Abes tilstedeværelse med et nikk da han feide forbi og inn i bygningen.

En reporter ropte: "Hva med det savnede barnet? Noen spor etter henne?"

En annen reporter ropte: "Hva vet du om den lille jenta og moren hennes? Hvordan var de involvert med Wheeler?"

Miller holdt opp hånden for å roe ned den uregjerlige forsamlingen. Da de hadde roet seg, svarte han: "Ett spørsmål om gangen, takk. For det første er barnet meldt savnet - hun er ikke savnet. Vi vet faktisk hvor hun er, hvor Katie Walker er - hun er i trygg forvaring hos et fosterhjem."

Et hørbart gisp fra en kvinne i folkemengden. I noen sekunder skilte en blond kvinne seg ut fra de andre. Han så bort et øyeblikk, og så var hun borte.

"Har Katie Walker blitt undersøkt av en lege?" spurte en annen reporter.

"Alt i rett tid," svarte Miller. "Vi trenger din hjelp til å finne barnets mor. Vi har ingen ledetråder."

Han husket at Katies mor var blond, ikke mørkhåret som opprinnelig rapportert - og skannet folkemengden etter kvinnen han hadde sett et glimt av tidligere. Uten hell. Han kunne ikke se henne noe sted.

"Jeg tar et siste spørsmål, og ikke kast det bort på å spørre meg hvor barnet er, alt jeg kan si er at hun er trygg og har det bra." Han valgte den neste journalisten til å stille et spørsmål: "Vær så god, Maggie." Han hadde kjent Maggie fra lokalavisen i årevis. Hun var ikke som de andre. Hun var en ekte journalist.

"God morgen, sersjant Miller", sa Maggie.

Miller nikket.

"Siden Katie er under omsorg, hvorfor brukte du så lang tid på å dra hjem til henne og undersøke saken?" spurte Maggie. Selv om Maggie ikke rørte på seg, gjorde journalistene rundt henne det. De maste og dyttet for å komme nærmere.

"Vel, Maggie", sa Miller. "Barnet, jeg mener Katie Walker, ble forlatt ved Waterfront på fredag. Vi ble først gjort oppmerksom på hjemmeadressen hennes i går."

"Usant," ropte en annen reporter.

"Nå er det nok," sa Miller, slo neven i podiet og trakk seg bort fra mikrofonen.

Den samme reporteren ropte: "Vi snakket med naboen, Judy Smith. Hun bekreftet at en eldre mann hadde vært i huset dagen før. Den samme mannen som hun så i går sitte i politibilen din."

Miller fortsatte å gå og ignorerte oppstyret, glad for at journalistene ikke var smarte nok til å legge to og to sammen siden mannen de snakket om, nettopp hadde glidd forbi dem og inn i bygningen.

Før han gikk inn på stasjonen, snudde han seg mot journalistene. "Dere har fått spørsmålene deres. Nå skal vi fullføre vår jobb, og dere skal gjøre deres. Hjelp oss med å finne barnets mor. Takk for at dere tok dere tid." Han gikk gjennom svingdørene og inn på kontoret sitt.

Abe, som hadde funnet seg til rette ved å sitte, reiste seg nå for å håndhilse på Miller. "Vi så bildet av Katie på fjernsynet og hørte om liket av den døde mannen. For et grusomt funn. Ikke rart at du var så stille da du kjørte meg hjem."

"Alt i tjenesten," sa Miller. "Kaffe?" Abe avslo med en håndbevegelse. Miller fortsatte: "Journalistene er sultne på en historie, hvilken som helst historie. Du hørte ikke det siste spørsmålet. Den kvinnen - den nysgjerrige naboen din - nevnte at du besøkte huset og var i bilen min. Når du drar, må vi sørge for at du kommer deg hjem uten at noen følger etter deg."

"Å nei," sa Abe. Han så over skrivebordet på vennen sin. Han så ut som om han hadde blitt eldre de siste dagene. "Har du sovet i det hele tatt? Du ser for jævlig ut."

"Søvn? Hva er det for noe? Jeg har prøvd å få brikkene til å falle på plass, det er en vanskelig sak. Vi trodde vi hadde et spor etter moren, men det ble ikke noe av. Det er som om hun forsvant sporløst." Telefonen hans ringte. "Ok, takk for at du ga meg beskjed."

"Ingen nye spor?"

Miller lente seg nærmere. "Det var rettsmedisineren. Et nytt lik. Ingen identifikasjon ennå."

"Hva er magefølelsen din? Er hun Katies mor?"

"Jeg kan ikke si det, for jeg vet ikke."

"Og den døde mannen, hvem var han? Jeg mener, jeg vet navnet. Han er tilknyttet narkotika. Jeg kan ikke tro at noen mor ville sette barnet sitt i fare på den måten."

"Angivelig. Hvem vet hvorfor folk gjør det de gjør? Da vi var i huset, sto det et bilde av Katie og Mark på peishyllen. Det virker merkelig at en mor ville tillate det, hvis hun hadde tenkt å drepe kjæresten sin." Han tok en pause, redd for å si for mye, og skiftet så tema: "Men, ja, fingeravtrykkene hans ble funnet i systemet. Det er motivet vi prøver å finne."

"Et motiv, som et mafiamord?"

"Ikke la fantasien løpe løpsk," sa Miller. "Et motiv, det vet jeg ikke." Sersjant Miller løftet telefonrøret. Da resepsjonisten svarte, sa han: "Ja, jeg trenger å få en sivilperson eskortert ut av bygningen." Han lyttet, og svarte så: "Ja, bakdøren. Sørg for at han ikke blir forfulgt."

Abe reiste seg: "Min kjære venn, du blir med meg. Jeg vedder på at kona og barna dine savner deg, og du trenger å sove."

Sersjant Miller var i prinsippet enig med Abe, men han hadde for mye å gjøre. Han tok seg likevel tid til å forsikre seg om at vennen var trygt ute av bygningen og på vei hjem.

"Kysten er klar", sa sjåføren. Miller lukket bildøren til Abe, holdt øye med bilen til den var ute av syne, og gikk så tilbake til kontoret sitt.

KAPITTEL 33

BLONDT TILBAKEBLIKK

D ET VAR EN FIN søndag ettermiddag, og familier ruslet rundt. Mange hadde piknik, andre trente eller slappet av ved vannkanten. Luften luktet søtt, slik den gjør når våren går over i sommer. Fuglekvitter og fuglekvitter var synlig på nesten hvert eneste tre.

I baksetet på en taxi satt en kvinne og observerte byens aktiviteter. Hun skulle ønske hun hadde penger nok til å bo her også. Da hun stoppet ved et rødt lys, observerte hun en familie som kastet en frisbee frem og tilbake. Da lyset skiftet og bilen rullet videre, fortsatte hun å se på, helt til hun ikke kunne se dem lenger.

I tankene gikk hun gjennom hva hun skulle si til søsteren. Hun hadde bedt om penger før, og søsteren hadde gitt henne dem - men motvillig. Mest fordi hun visste hva pengene skulle gå til, nemlig til å betale narkotikagjelden hennes. Storesøsteren ville gi etter til slutt. Likevel hatet hun å være i den situasjonen at hun måtte spørre. Særlig ikke personlig. Hun håpet å få et glimt av lille Katie når hun var der, kanskje til og med en introduksjon. Nå som hun var sju år, ville hun kanskje til og med huske henne.

Et par ganger kastet sjåføren et blikk tilbake på henne i bakspeilet. Hun justerte solbrillene med speil og tørket diskret bort en tåre.

"Hva er det du ser på?" spurte hun.

"Ingenting", svarte han og svingte inn på Ontario Street. "Hvilket nummer var det du så etter?"

Det var huset som var omringet av polititeip, med patruljevogner over alt.

"Kjør videre!" beordret hun. "Kjør videre!"

"Ok, men hvor skal vi nå, frue?" sa han og gjorde en U-sving.

"Bare kjør, la meg tenke!" utbrøt kvinnen. Hun tok telefonen ut av den brune vesken og trykket på hurtigoppringing. Den ringte og ringte og ringte. Hun avbrøt samtalen og satte neglene i armlenet. Hun trakk pusten dypt og slo et nytt nummer på hurtigoppringing. I likhet med det første ble det ikke besvart.

"Frue, jeg må vite hvor jeg skal."

"Bare kjør til jeg sier stopp", skrek hun.

"Ok, damen, du er sjefen." Han kjørte formålsløst videre, stoppet og startet når lysene skiftet fra grønt til rødt. "Vi tar den naturskjønne ruten."

De kjørte tilbake langs bredden av Lake Ontario. Da hun så parkometeret og kostnadene som steg, sjekket hun om det var kontanter i vesken. Kredittkortene hennes var allerede brukt opp. "Hvor ligger politistasjonen?" spurte hun.

"Noen kvartaler unna."

"Kjør meg dit," sa hun. På veien ville hun tenke på hva hun skulle si, hva hun skulle fortelle dem om seg selv. Hun fikk øye på en folkemengde som blokkerte inngangspartiet til politistasjonen, mens hun lurte på om dette hadde noe med søsterens hus å gjøre.

"Bare slipp meg ut, der borte", forlangte hun og rakte sjåføren en neve mynter og noen sammenkrøllede sedler.

Hun glattet ned fronten på kjolen som nå klamret seg til henne med statisk elektrisitet. Bak seg hørte hun søsterens navn, og Katies. Hun presset seg frem og ventet på hva mannen på podiet ville si.

Da han avslørte at datteren hadde det bra og var hos en fosterfamilie, holdt hun på å besvime. Hun trakk pusten dypt og forlot området, lykkelig i sitt eget sinn over at datteren hadde det bra. Når det gjaldt spørsmålet om søsteren var savnet, ville hun finne ut av det med tiden.

Hun fortsatte å gå i motsatt retning av der hun hadde kommet. Med sine fem centimeter høye hæler var hun dårlig rustet for en lang tur hvor som helst. Brisen kjærtegnet de nakne armene hennes, og hun var glad for at det i det minste ikke var noen sjanse for regn i kveld.

Lukten av dampende varme biffburgere, søt løk og fettete pommes frites i nærheten fikk det til å knurre i magen hennes. Den perfekte bakrusmaten. Nå som hun var så godt som blakk, måtte hun nøye seg med å inhalere kalorier. For å distrahere seg selv prøvde hun å huske numrene til dem hun trodde kunne hjelpe henne, men resultatet ble det samme.

To dører lenger ned fant hun en bruktbutikk. I vinduet sto en blond jente, som så ut til å være kledd for fest. Hun så på ansiktet til utstillingsdukken og forestilte seg hvordan den lille jenta hennes ville sett ut nå. Det var mange år siden hun hadde sett et bilde av henne.

Hun hadde fortrengt det - som hun alltid gjorde når ting ble for mye for henne. "Avgrens deg." Det var det psykologen hennes alltid sa hun skulle gjøre. Men huset ... hun hadde sett det, avsperret med gul tape - polititeip - som i CSI eller Murder She Wrote. Det var søsterens hus. Søsteren som var mor til barnet hennes. Et barn ingen visste om.

Noen dører lenger ned samlet det seg en folkemengde. Hun sluttet seg til dem og så et nyhetsprogram med undertekster. Et bilde av søsteren og datteren under overskriften "Savnede personer". Så et bilde av Mark Wheeler under overskriften "Drept, narkotikakobling".

De to hendelsene hang sammen. Nå ga knærne virkelig etter, og hun gled ned på fortauet.

"Det går bra", sa hun da fremmede mennesker hjalp henne opp på beina igjen. Hun takket dem, og med skjelvende ankler vinglet hun av gårde.

Hun hadde hørt om denne Mark Wheeler gjennom narkotikamiljøet. Nå var han død. Hvordan var søsteren hennes knyttet til ham? Var det hun selv som var forbindelsen? Hun skyldte dem penger. Hun sa hun skulle betale dem tilbake. Det var ikke engang så mye. Søsteren hadde betalt tilbake narkogjelden en gang, to ganger - hun hadde mistet tellingen på hvor mange ganger. De ville ikke ha gått etter søsteren hennes. Gudskjelov at de ikke visste at Katie var hennes. Hvis de ikke hadde visst det, hvordan hadde Wheeler endt opp død? Hadde den forbindelsen ført kjeltringer til søsterens hjem?

Hun prøvde å la være å tenke på det, mens hun snublet videre til Gud vet hvor. Hun var helt ute av seg, delvis i delirium, og husket dagen da Katelyn ble født. Hun var ung, sytten, for ung til å bli mor, men da hun så datteren for første gang, kjente hun alle de moderlige følelsene som en mor burde føle.

Å være sytten år var gammelt nok til å føde barnet og til å vekke morsinstinktene, men ikke nok til å overbevise henne om at hun skulle beholde den nyfødte. Til å oppdra henne. Men, å, det lille ansiktet. Lukten av henne. Lukten av rosa. Hun holdt telefonen i armene mens hun gikk videre.

Med tårer i øynene sa hun til seg selv at hun måtte skjerpe seg. Hun hadde gjort det beste for Katelyn den gangen, ved å gi henne til storesøsteren for å oppdra henne.

Fortapt, uten noe sted å gå, uten noen å snakke med, bebreidet hun seg selv for at hun hadde kommet til byen. For å være narkoman. For at hun dro hjem til søsteren. For alt - hele jævla greia.

En mann som luktet like ille som han så ut, kom borti henne.

"Pass deg!" utbrøt hun, noe som fikk den stakkars mannen til å bryte ut i gråt. Hun stakk hånden ned i vesken, fant noen herreløse mynter og en halspastill, og la dem i hånden hans.

"Jeg takker deg", sa mannen og svaiet frem og tilbake. Han blåste på halstabletten og puttet den i munnen, så spurte han: "Har du gått deg vill?"

"Jeg er ny i byen," sa hun. "Er det noen severdigheter her i nærheten?"

Han la hånden mot haken mens han så på henne. "Det er en berømt viadukt der oppe, fortsett videre, så kan du ikke gå glipp av den. Det er en fantastisk utsikt."

"Takk," sa hun, mens hun gikk sin vei.

Hun gledet seg til å se landemerket og åpnet vesken. Hun tok en sigarett opp av pakken og tente den. Et langt drag hjalp henne med å lette tankene. Hun tenkte på hva hun burde gjøre, men ingen svar kom.

* * *

KATIES BIOLOGISKE MOR HADDE stoppet for å hvile føttene. I selve parken var det full aktivitet, med barn og hunder som løp vilt omkring. Hun fikk lyst på en sigarett til, men tente ikke en. I stedet lyttet hun til latteren. For egentlig hadde hun ingen steder å gå.

Telefonen hennes vibrerte; det var Anson. "Hvor er du?" spurte han.

"Jeg er i nærheten av søsteren min, men hun er ikke hjemme."

"Vel, jeg har bestillingen din klar. Først må du betale det du skylder. Når kommer du tilbake for å hente den? Jeg kan ikke ha den her for lenge. Hvis du ikke kan betale, må jeg selge den videre til noen andre. Jeg har en venteliste, vet du."

"Jeg kan ikke komme tilbake med en gang, men jeg trenger den. Kan du komme og hente meg? Jeg ville betale deg tilbake. Jeg gjør hva som helst."

Splat! Et barn, en liten gutts ball spratt og traff tåen på skoen hennes. Hun sparket den tilbake til ham.

"Takk, frue," sa han.

"Jeg kan ikke komme og hente deg. Dette er ikke en drosjetjeneste," det klikket i røret og ble dødt i den andre enden.

Anson var hennes siste håp om å komme tilbake. Hun ville miste seg selv og alt hun tenkte på. Ett slag, og alt ville være borte - hver eneste tanke, hver eneste følelse - om så bare for en liten stund.

"Kom ned hit!" ropte moren. "Ditt skitne, lille ludder!"

Det var mange år siden, men hun opplevde det som om det skjedde nå. Hun kunne til og med kjenne lukten av moren, en kombinasjon av talkum og Jack Daniels.

Søsteren hadde vært mer som en mor for henne enn moren hadde vært. Faren deres hadde stukket av rett etter at hun kom til verden, og moren hadde alltid gitt henne skylden for at han hadde dratt.

"Du drev ham bort!" skrek hun.

Og moren tok med seg menn hjem. Menn som hjalp henne med å betale husleien og sette mat på bordet. Menn som var monstre. Monstre som moren burde ha beskyttet datteren sin mot.

Hun sukket. År med terapi hadde gjort det mulig for henne å tilgi moren. Akseptere at hun hadde gjort det beste hun kunne gjøre, under de omstendighetene som forelå.

Der var den: Viadukten.

Hun grøsset, det var bemerkelsesverdig høyt oppe - men ja, den hjemløse mannen hadde sagt at utsikten der oppe måtte være verdt klatreturen. Men skoene hun hadde på føttene kløp henne, og halvveis oppe ble hun lei av å bære dem, og kastet dem i Ontariosjøen. Hun lo da hun tenkte på en skilpadde eller fisk som så dem falle ned på bunnen av innsjøen.

Da hun kom opp på toppen, tok utsikten pusten fra henne. Hun kunne se styggedom, bygninger som pleide å ha en funksjon. Nå var de folketomme og ustelte, med ugress som vokste oppover veggene. Det var en naken skjønnhet, som hun ville ha kunnet sette pris på hvis hun ikke hadde vært så høyt oppe.

Og i den andre retningen lå Ontariosjøen. Hun fulgte vannets vei. Til høyre dukket den ene skoen hennes opp, og et øyeblikk senere kom den andre til. De fløt av gårde som om et spøkelse danset i stedet for å gå på vannet.

Hun lo, først stille, så hysterisk. Kjolen bølget rundt henne som om hun var inne i en sky.

Hun gikk ut på kanten. Hun var en dårlig mor, verre enn moren hennes hadde vært. Moren hennes holdt seg i det minste i nærheten av døtrene sine. Hun overlot dømmekraften til Gud, eller Jesus, eller hvem det nå var.

Katies biologiske mor følte at hun ikke var verdt å redde. Hun kunne ikke bli tilgitt. Hun kunne ikke engang tilgi seg selv.

Hun strøk de falske neglene sine langs armene. Hun fulgte sporene etter nålene hun hadde brukt så lenge. Hun kjente dem nå med fingrene. Selv om hun sluttet å bruke dem, ville de kjenne igjen sårbarheten hennes og begynne å trygle om å bli matet.

Hun flyttet seg nærmere kanten. Lukket øynene. Luktet på blomstene. Lyttet til måkeskrikene. Så falt hun ned i det kjølige vannet i Ontariosjøen som en marionett hvis tråder var blitt kuttet.

***

DA DE FANT HENNE ikke langt fra Viadukten, hadde hun ligget i vannet i mindre enn tjuefire timer. Øynene hennes var vidåpne, som om hun fortsatt grublet over noe et sted like utenfor hennes rekkevidde.

Katies biologiske mor ventet på å bli identifisert nede på likhuset.

KAPITTEL 34

EL, ABE OG KATIE

"KOM OG LEGG DEG igjen," sa Abe, mens El samlet sammen tingene sine for å ta dem med til Katies rom. Hun kysset ham på pannen: "Vil du ha en kopp kakao?"

"Du leser tankene mine."

"Bli her under dynen og hold deg varm. Jeg skal til og med slenge med noen kjeks."

"Takk, kjære." Han lyttet mens El gikk rundt på kjøkkenet og nynnet mens hun gikk. Han forsto konas behov for å trøste barnet, men han trengte også trøst. Dessuten var han bekymret for at hun var i ferd med å bli for knyttet til henne. Om en dag eller to kunne Katies mor komme tilbake. De ville aldri se henne igjen. Hva skulle de gjøre da?

El kom tilbake med brettet. Hun kysset ham på pannen på vei ut.

Katie satt oppe og ventet på El. "Jeg vil hjem," sa hun og gned seg i øynene.

"Liker du deg ikke her?" spurte El, som allerede visste svaret.

"Jo, selvfølgelig."

Abe stakk hodet inn: "Hvem er det som gråter?" El prøvde å skyve ham unna. "Hva kan jeg gjøre for å hjelpe deg, lille venn?"

"Jeg vil hjem og hente noe."

"Så, så," sa han og satte seg på enden av sengen. "For det første har verken El eller jeg nøkkel til huset ditt, og det har heller ikke Benjamin."

"Jeg kan komme inn gjennom et vindu. Du må løfte meg opp - jeg har gjort det en gang da mamma glemte nøkkelen sin."

"Hva er det du trenger?" spurte El.

"Jeg tror ikke du bør gå," svarte Abe.

"Jeg vil gjerne hente tøyet mitt."

"Men du har jo den vakre dukken din, lille venn," sa El.

"Å, hun er fin, men jeg har hatt bamsen min i evigheter, og han vil være helt alene."

"La meg tenke på det," sa Abe. "Vær stille og legg deg til å sove, ellers må El tilbake til sitt eget rom."

Uten et ord la Katie seg under dynen og lukket øynene. Abe blunket til El og lukket døren på vei ut.

KAPITTEL 35

ABE OG BENJAMIN

ABE TOK MED SEG brettet ut på kjøkkenet og ryddet opp, så gikk han inn i stuen. Benjamin lå og sov på sofaen, mens fjernsynet surret i bakgrunnen. Han slo den av og slengte en dyne over tenåringen.

Abe gikk tilbake til rommet sitt og sovnet. Lyden av gryter og panner på kjøkkenet og lukten av frokost gjorde ham sulten. Han kastet et blikk på klokkeradioen - klokken var allerede halv ti! Han tok på seg frakken og gikk ut på kjøkkenet.

"Du skulle ha vekket meg!" utbrøt han.

Katie hoppet sammen.

"Unnskyld," sa han. "Jeg mente å si god morgen først."

El nikket, og Katie smilte. Han bakset seg ut av kjøkkenet og inn i stuen, der Benjamin satt og så på tv.

"Har du sovet godt?" spurte Abe.

Benjamin sa ingenting, i stedet skrudde han opp lyden på fjernsynet for å høre hva reporteren sa på nyhetene.

"Et kvinnelik ble skylt opp på bredden av Ontariosjøen i morges."

Hårene på Benjamins armer reiste seg. "Gud, jeg håper det ikke er Katies mor."

Utenfor inngangsdøren deres lå avisen på trappen. Abe plukket den opp og så et bilde av Katie og Jennifer Walker på forsiden, under overskriften "Savnet mor og datter". Han rullet avisen sammen og kastet den i søpla.

"Kom og hent den", ropte El, og de satte seg ned og spiste frokost sammen.

KAPITTEL 36

SGT. MILLER

DET VAR AVTALT ET møte med RCMP på stasjonen. De hadde blitt tilkalt da Wheeler ble identifisert. Han måtte informere dem om hvor Katie befant seg. De ville holde informasjonen hemmelig.

I mellomtiden hadde et nytt lik skylt opp på bredden av Lake Ontario. Tilsynelatende med spor langs armene.

Før politiet ankom, ringte Miller til Abe for å høre hvordan det gikk med Katie.

"Hun har hatt mareritt. Hun knuste et vindu og skadet seg litt. El klarte det hele, og barnet ble ikke alvorlig skadet."

"Det var leit å høre," sa Miller. "Det er vanskelig for et barn å sove i en fremmed seng, i et fremmed hjem."

"Akkurat nå vil hun bare hjem. Hun savner noe hun kaller kosebamsen sin.

"Beklager, Abe, det kommer ikke på tale."

"Men hun får ikke sove."

Miller hevet stemmen og lukket døren. "Abe, du må ikke gå dit under noen omstendigheter. Tenk om en reporter så deg og fulgte etter deg hjem?"

"Jeg hører hva du sier."

"Hold en lav profil, alle sammen. Jeg tar kontakt, og ikke glem at vi har et uoppklart drap. Og vi vet ikke hvor Katies mor er." Han nølte. "Katie kan være vår eneste ledetråd. Og jeg vet at det virker usannsynlig, men barn er observante. Noen ganger får de øye på ting som kan hjelpe oss med å finne moren hennes, redde moren hennes, før det er for sent."

"Så du tror at fru Walker må ha vært involvert i narkotikamiljøet siden hun og Wheeler ble kjærester?"

"Jeg vet ikke svaret, men det er ingen tegn på innbrudd."

"Katie fortalte Benjamin at det var Wheeler som ga henne en dyr dukke, så han hadde vært i huset ved mer enn én anledning. Det andre ironiske er at han kan ha kjøpt dukken av oss."

"Jaså? Har du sett i bøkene dine? Har du sett i regnskapet ditt om det finnes noen ordre? Det kan være en ledetråd. Det kan være noe."

"Det har jeg ikke, og vet du hva, før nå, da jeg fortalte deg det, hadde jeg ikke engang tenkt på å sjekke regnskapet mitt. For ikke å snakke om at siden dukken er en kopi av barnet, må en av oss her, hvis han bestilte fra oss, ha sett et bilde av Katie. Jeg husker ikke å ha sett det, men du vet, hukommelsen - og det å bli gammel. Det er noe av det første som forsvinner." Abe lo.

Miller sa: "Ja, jeg forstår, men vær så snill å sjekke og la meg få vite hva du finner. Hva som helst. Betalingsmåte. Dato den ble bestilt."

"Vi tilbyr bare disse dukkene før jul, så det burde være lett å finne ut om han har bestilt den fra oss."

"Se om du kan finne ut noe mer fra Katie. Noen ideer om hvor moren kan ha dratt. Feriedestinasjoner. Slektninger. Venner. Hva som helst."

"Ville det være bedre om du sendte noen ut? En ekspert på å avhøre barn?" spurte Abe. "Og siden du sender noen, hvorfor ikke sende dem for å hente den utstoppede?"

"Jeg må diskutere det med mine overordnede. Det kan være et neste skritt. Inntil videre kjenner hun deg, Benjamin og El. Hold øye med henne, uten at hun får vite det. Still henne spørsmål hvis hun tillater det, uten å undergrave tilliten hun har til deg. Akkurat nå er du alt hun har. Hun kan ha vært vitne til noe som kan sette dere alle i fare."

"Som jeg sa, hun har hatt mareritt."

"Det stemmer. Traumer kan forårsake mareritt og søvngjengeri. Å oppholde seg i et ukjent miljø er en tilpasning under normale omstendigheter. Disse er langt fra normale." Miller nølte. "Når jeg tenker meg om, vil jeg be en av betjentene mine om å komme innom med et DNA-sett. Betjenten vil ta en enkel prøve av Katies spytt. Hvis hun vil snakke om noe. Jeg mener med noen utenfor hjemmet ditt, så vil betjenten min gi henne muligheten til det."

"For en smart idé, og takk for at du informerte meg," sa Abe. "Jeg tror at da barnet ble etterlatt alene i parken, kan hun ha blitt forlatt. Men det burde vel ikke gi noen varige skader?"

"Det kommer an på hvordan hun er, det kan jeg ikke si, Abe. Det ville være nyttig om du sjekket om du har noen opplysninger i arkivene dine."

"Det skal jeg gjøre."

"Jeg tar kontakt med deg."

"Takk."

KAPITTEL 37

MISTET OG FUNNET

DET VAR EN SOLFYLT ettermiddag, ikke en sky på himmelen - en perfekt dag for fiske.

James og Andrea Richards var ute på Ontariosjøen i båten sin, da hun la merke til noe som fløt på vannet. Hun tok frem en kikkert og tok en nærmere titt. Det spratt og beveget seg, men så ut som en kvinnes håndveske.

"Jeg sverger ved Gud, det er en håndveske der ute", sa hun til mannen sin og rakte ham kikkerten. "Kanskje noen er blitt myrdet her på sjøen." Hun skalv, selv om hun var varm, og slo armene rundt seg selv.

James sendte henne et blikk. "Du har lest altfor mange Agatha Christie-romaner."

Hun fnøs.

"Men la oss gå ut og ta en nærmere titt likevel, så du får ro i sjelen. Fisken biter tross alt ikke i dag."

"Takk, kjære," sa hun.

James pekte båten i retning av det flytende objektet, og noen minutter senere tok kona fiskegarnet i bruk ved å samle opp en håndveske. Da hun løftet den ut av garnet, la hun merke til at den fortsatt var lukket. Hun lurte på om innholdet var tørt, og åpnet den.

"Vent!" utbrøt han.

For sent, for hun trakk ut lommeboken. Alt inni var tørt. Selv om hun nå, når hun tenkte seg om, innså at hun hadde gått imot alt hun visste fra TV og bøker ved å rote til innholdet.

Men det gjorde ingenting, det var allerede gjort. Hun åpnet lommeboken og fant et førerkort, noen kredittkort, et bilde av en baby, en tube tannkrem og en tannbørste (reisestørrelse), en telefon med dødt batteri og litt neglelim.

"Jeg tror det er best vi ringer politiet", sa hun.

"Har du noen kontanter?" spurte James.

"Ingen kontanter", sa hun mens hun ringte 911.

Etter å ha fortalt politiet hva de hadde funnet, fikk de beskjed om at en betjent ville møte dem i fjæra. Paret drev rundt i stillhet i noen øyeblikk, mens måkene skrek over hodene deres og tok fiskene som hoppet rundt dem.

"Ja visst, nå er de sultne!" sa James, mens han startet motoren og satte kursen inn.

KAPITTEL 38

MORGUEN

Senere, etter å ha fått en telefon fra Patterson, dro Miller til likhuset.

"Vi har fått bekreftet at den ukjente kvinnen ikke er eldre enn 24 år, og at hun har brukt narkotika i lang tid. Med slike spor har hun vært avhengig lenge. Hun er også førstegangsfødende."

"Hvor gammelt ville barnet vært, hvis det hadde overlevd?"

"Sju, kanskje åtte."

"Alderen passer," sa Miller. "Noe uvanlig i funnene dine?"

"Hennes foretrukne stoff var kokain. Da hun døde, hadde hun ikke brukt noe de siste 24 timene. Hun var storforbruker - stor metabolsk opphopning av benzoylecgonin over tid, men ikke noe nylig."

"Tror du hun prøvde å bli kvitt avhengigheten?"

"Høyst usannsynlig, med mindre hun var innlagt på et av de beste rehabiliteringsanstaltene."

"Så bortkastet. Jeg får komme meg til kontoret. Si fra hvis du finner noe mer," sa Miller og gikk mot døren.

"Det skal jeg gjøre."

Millers telefon ringte ut.

"Hvor er du?" spurte han. "Ja, ja. Jeg kan hente den selv. Det er ikke noe problem. Jeg er på vei. Jeg kommer inn så snart jeg har den. Takk."

Miller møtte Richards, som overleverte vesken.

"Hva skjer hvis ingen gjør krav på den?" spurte Andrea.

"Vi beholder den som bevismateriale til noen gjør det," sa Miller. "Takk for at du leverte den inn."

KAPITTEL 39

BENJAMIN OG ABE

M ILLER SENDTE EN SMS til Abe og fortalte ham navnet på betjenten som skulle besøke Katie og ta en DNA-prøve av henne. Abe ringte hjem og informerte Benjamin om detaljene.

"Hun heter betjent Lane, og hun kommer når som helst nå."

"Ingen tegn til henne ennå", sa Benjamin.

"Når hun kommer, kan du be El om å gi henne en kopp te og vente på at jeg kommer." I bakgrunnen hørte han dørklokken ringe.

"For sent, hun er allerede her, og El er opptatt med kunder."

"Be henne stenge butikken og komme inn med en gang."

"Ok."

"Over og ut", sa Abe.

Benjamin sendte en tekstmelding til El om at hun skulle stenge butikken og komme til huset med en gang. Han åpnet døren.

"Jeg heter betjent Lane", sa hun.

El kom og spurte: "Hva er det som har skjedd?"

Benjamin rakte ut hånden.

"Jeg er her for å treffe Katie", sa Lane. "Og for å ta en DNA-prøve."

El rakte ut hånden. Hun inviterte betjent Lane inn i stuen.

"Dette er betjent Lane, Katie."

"Katie, du kan kalle meg Lacey. Jeg har noen her som sier at han har savnet deg." Hun trakk frem en fillete bamse.

Barnets øyne lyste opp da hun tok imot bamsen. "Edward", ropte hun. Så sa hun til betjent Lacey: "Å, takk." Til bamsen sa hun: "Jeg har savnet deg så mye." Hun holdt ansiktet hans mot øret og sa: "Ja." Etterfulgt av: "Virkelig?"

Betjent Lane smilte. "Edward er et fint navn. Jeg er glad for å se dere to gjenforent. Nå vil jeg gjerne snakke med deg om å hjelpe oss med å finne moren din."

"Har hun gått seg vill?" spurte Katie med en surmunn.

"Vi er ikke sikre," sa Lacey, "men vi kunne godt trenge din hjelp."

"Hva vil dere at jeg skal gjøre?"

Betjent Lane stakk hånden ned i vesken sin og tok frem DNA-settet. Hun tok ut en køspiss og åpnet en beholder for å legge den inni. "Jeg vil gjerne putte denne i munnen din og ta det vi kaller en vattpinne."

"Jeg har bare hørt om sånne som brukes i ørene," lo Katie.

"Akkurat det ville jenta mi ha sagt," sa Lane med et smil.

"Hva heter hun?"

"Hun heter Jemma, men vi kaller henne Jem."

"For et vakkert navn, som en juvel," strålte Katie.

Betjenten smilte. "Den er myk, så det gjør ikke vondt. Jeg kjører den inn i munnen din, så putter jeg den i denne beholderen, og så sender vi den til et laboratorium."

"Hvis du er redd, Katie", sa Benjamin, "betjent Lane, kan du ta en vattpinne på meg først, så du får se hvordan det er."

"Jeg er ikke redd," sa Katie.

Betjenten tok prøven og skrev Katies navn på etiketten. Hun satte den på beholderen. "Når er bursdagen din? Og hvor gammel er du?"

"Det er 1. september, og jeg er syv og et halvt år."

Etter at betjenten var ferdig med testen, spurte hun de andre om hun kunne ta en prat med Katie alene.

"Det trenger du ikke", sa Benjamin. "Hvis du ikke vil."

"Han har rett, Katie. Du trenger ikke å gjøre det," sa Lane. "Du vil hjelpe oss med å finne moren din, ikke sant? Jeg mener, hvis du kunne hjelpe, ville du vel ha lyst til det?"

Katie så på El.

"For en ting å be om," sa El. "Selvfølgelig vil hun hjelpe, men hun er jo bare et barn."

Katie nikket til betjent Lane og førte henne inn på rommet sitt, hvor hun viste henne dukken sin og begynte å snakke om den.

"Mark, herr Wheeler kjøpte denne dukken til meg til jul, som en overraskelse. Han kom alltid på besøk med overraskelser til meg."

"Var han snill?"

"Ja," sa Katie.

"Er det noe annet du vil fortelle meg?"

"Han og mamma var lykkelige av og til." Hun så bort. "Andre ganger kjeftet de, og så gikk han."

"Gråt mammaen din? Når han dro?"

"Ja, helt til vi gikk ut og spiste milkshake."

"Liker du milkshake?"

"Ja, jordbær er favoritten min."

"Hva ville skje da?" spurte Lane.

"Han sendte gaver til mamma og noen ganger til meg."

"Veldig snilt av ham," sa Lane og lekte med håret til dukken og deretter med håret til Katie.

"De føles ikke på samme måte," sa Katie. "Mitt er mykere."

"Du har rett."

"Det er fordi El bruker en spesiell balsam i håret mitt, og hun børster det femti strøk hver kveld før jeg legger meg. Hun sa at voksne får hundre strøk og barn femti strøk." Katie fniste.

Betjent Lane så på det tilteipede vinduet: "Hva er det som har skjedd her?"

"El sa at jeg gikk i søvne. Jeg husker det ikke."

"Har du gått i søvne før?"

"Jeg tror ikke det," svarte Katie. "El la bandasjer på meg. Hun er utdannet sykepleier. Mamma ville bli lærer, men ..."

"Hva var det som stoppet henne?"

"At jeg ble født," sa Katie. Hun la dukken tilbake på sengen og spurte: "Er det noe mer? Noe som kan hjelpe meg å finne mamma?"

"Jeg lurte på om du har noen tanter eller onkler, besteforeldre eller venner som moren din kan ha bodd hos? Hva med faren din?"

"Mamma har en søster, men jeg har aldri møtt henne. Mamma er eldre. Jeg har aldri møtt besteforeldrene mine. Jeg har aldri møtt faren min."

"Hvor bor søsteren til moren din? Så vi kan ringe henne?"

"Jeg vet ikke."

"Har du noen gang bodd noe annet sted?" spurte Lacey.

"Nei." Katie så på føttene sine. "Beklager at jeg ikke er til mye hjelp."

Betjent Lane klappet henne på hodet: "Jeg vet ikke, noen ganger vet vi mer enn vi tror vi vet. Fortsett å tenke."

"Takk igjen for min stuffy."

"Bare hyggelig."

Betjent Lane tok med seg prøven til laboratoriet og satte den på listen over høyt prioriterte saker. Etter en kort samtale klarte hun å flytte den til toppen. Hun gikk tilbake til stasjonen.

✳✳✳

MILLER FIKK EN TELEFON fra betjent Lane.

"Som jeg ba om, tok jeg Katie Walkers DNA-prøve rett ned til laboratoriet. De har sammenlignet den med kvinnen nede på likhuset - de stemmer overens."

"Jeg gleder meg ikke til å dele denne nyheten. Det er det verste utfallet."

"Hvis du trenger meg, kan jeg bli med som støtte."

"Takk for tilbudet, men dette er et tidspunkt der vi har stor nytte av vår egen rådgiver. Vi har ikke hatt grunn til å bruke henne så ofte, siden hun jobber eksternt. Jeg har ikke hatt så mye kontakt med rådgiver Briggs, har du?"

"Jeg har ikke engang møtt kvinnen", sa betjent Lane.

"Jeg blir vel den første som jobber med henne fra vår stasjon."

"Uansett hva som skjer, sersjant, bør hun være godt trent til å håndtere det."

"Det håper jeg virkelig. Takk, og vi ses på stasjonen." Han la på og innså at han ikke hadde nummeret til Eleanor Briggs i telefonen. Han ringte stasjonen igjen og ba resepsjonsbetjenten om å finne nummeret. Han tastet inn informasjonen på telefonen og ringte Briggs og informerte henne om situasjonen.

"Jeg kan være klar så snart du trenger meg", sa Briggs.

"Greit, jeg kommer innom og henter deg om et kvarter", sa Miller og gjorde en u-sving. Han kunne ikke la være å tenke på Katie. Denne nyheten ville knuse hjertet hennes.

Motvillig ringte han nummeret til Abe og informerte ham om situasjonen.

***

BENJAMIN FØLTE SEG KLAUSTROFOBISK og ønsket at butikken kunne åpne. Det ville vært en kjærkommen distraksjon. Han sendte en tekstmelding til Abe: "Hvor er du?"

Abe var nesten hjemme da han mottok meldingen, men så ringte sersjant Miller.

"Jeg har triste nyheter om Katies mor. Liket hennes ble funnet i nærheten av Viadukten."

"Selvmord?"

"Det er ikke utelukket."

"Ok. Utrolig triste nyheter. Stakkars Katie. Skal jeg fortelle henne det nå? Jeg er på vei inn."

"Nei. En rådgiver og jeg kommer over for å fortelle det til Katie. Vil du, Benjamin og El være til stede? Hun trenger deres støtte."

"Ja. For et trist utfall. Vi kommer selvfølgelig alle sammen."

Da han kom hjem, gikk han inn i stua og så Katie ligge og kose seg med et kosedyr. "Hvem er dette nå?" spurte han.

"Det er Edward Bear, kosedyret mitt."

"Jeg vil gjerne se nærmere på den, hvis du kan løpe inn på rommet mitt og hente brillene mine."

Katie løp ut og ned gangen. Han vinket Benjamin og El nærmere og fortalte dem den triste nyheten.

***

"S TAKKARS KATIE", SA EL med tårer i øynene.

Benjamin sa ingenting.

"Sersjant Miller kommer over sammen med en rådgiver for å fortelle det til Katie. De vil gjerne at vi skal være her for å støtte henne. Rådgiveren vil håndtere situasjonen, hun er opplært til å hjelpe barn i traumatiske situasjoner."

"Katie kommer til å bli sønderknust, den stakkars kjære. Hva skal det bli av henne?"

"Og hva skjer etter at de har fortalt henne det?" sa Benjamin og senket skuldrene. Kroppen hans falt sammen, som om han nettopp hadde fått et slag i magen. "Kommer de til å ta henne bort, sende henne til fosterforeldre - jeg mener, til fremmede?"

"Hun har det bra her," sa El.

"Bortsett fra det med vinduet og marerittene," sa Abe.

"Det er ikke noe vi kan gjøre noe med, når hun vet at moren er borte. Hun har kanskje slektninger," sa El.

"Hvis ikke, havner hun i fosterhjem. Hun kan ikke havne i systemet," sa Benjamin.

"Hun har vært hos oss i noen dager, og sersjant Miller vil sørge for at Katie blir prioritert, og han kjenner oss."

"Vi elsker Katie", sa El.

Katie kom inn i rommet med Abes briller. Han bøyde seg ned slik at hun kunne sette dem på ansiktet hans.

"Takk, lille venn", sa han og klappet henne på hodet.

Abe, El og Benjamin dannet en sirkel med Katie i midten. De løftet henne opp og snurret henne rundt og rundt. Hun fniste, kastet hodet bakover og forestilte seg at hun fløy.

KAPITTEL 40

DÅRLIGE NYHETER

E N BANKING PÅ DØREN avbrøt munterheten deres. De satte Katie ned på gulvet, og så stilte Benjamin og El seg bak henne. De hadde hver sin hånd på skulderen hennes. Abe gikk for å åpne døren og kom tilbake et øyeblikk senere sammen med sersjant Miller og rådgiveren.

Benjamin strammet grepet om Katies skulder.

"Dere kjenner meg alle sammen", sa sersjant Miller. "Bortsett fra deg, Katie, er jeg en gammel venn av Julius. Og dette er rådgiver Briggs. Hun jobber sammen med meg nede på politistasjonen."

Abe håndhilste på Briggs' mannlige hånd, mens Katie, El og Benjamin ble stående der de var.

"Du har et nydelig hjem", sa Briggs i retning av El.

Briggs var nesten like høy som Miller, og med slike skuldre så hun ut som om hun kunne ha spilt linebacker for Packers. Det jordbærfargede håret så ut som om hun hadde stukket fingeren i en stikkontakt og deretter påført hårspray. Og ansiktet hennes var ikke rundt eller ovalt, men firkantet på grunn av luggen, håret og den manglende nakken. Nesen hennes var ikke sentrert, så man var aldri sikker på om de grønne, skjeløyde øynene hennes så på den, eller på den hun snakket med. Briggs gikk frem mot Katie, som gjemte seg bak Benjamin og El.

Miller sa: "Katie, rådgiver Briggs, Eleanor, vil gjerne fortelle deg noe. Det er viktig."

Katie ble stående der hun var, helt til Benjamin og El tok hendene hennes.

"Jeg skal fortelle henne det", sa El, mens hun og Benjamin førte henne mot stolen. Da de sto ansikt til ansikt, sa El: "Katie, kjære, mammaen din er kommet til himmelen."

Briggs grep inn. "Moren din er død, Katie."

El tok Katie i armene sine.

"Katie," sa Briggs og bøyde seg ned for å berøre henne på ryggen. "Forstår du det? Om moren din? Er det noe du vil spørre meg om? Det er i orden hvis du vil gråte."

Katie sa ingenting, beveget seg bortover rommet, der hun strakte ut armene og begynte å snu seg. Det så ut som om hun lot som om hun var en vindmølle.

"Hun er ikke død", sang hun til en altfor velkjent melodi - Frere Jacques.

Benjamin tok henne opp i armene sine med tårene rennende nedover kinnene.

Hele tiden skrek Katie: "Hun er ikke død! Hun er ikke død!" mens hun hamret de små, knyttede nevene sine mot brystet hans.

Benjamin lot henne slå ut all smerten ved å bruke ham som boksesekk. Da hun var tom for følelser og utslitt, ble hun slapp i armene hans som en filledukke. Han bar henne til rommet hennes og la henne i sengen. Hun lukket øynene. Tårene sivet frem nå og da, han tørket dem bort og holdt henne i hånden mens han så henne sovne inn.

I gangen snudde Briggs seg mot El: "Katie er under rettens omsorg nå. De vil avgjøre hva som er best for henne."

"Hun har nettopp mistet moren sin," sa El og knyttet nevene så hardt at neglene brøt gjennom huden. "Hva slags kvinne er du?"

"Jøss. Hun gjør bare jobben sin, El", sa sersjant Miller.

"Du trenger en rettskjennelse for å fjerne henne fra hjemmet mitt," sa Abe.

Sersjant Miller stirret på sin gamle venn. "Vent nå litt, Abe. Vi har ikke tenkt å storme inn på rommet hennes og rive henne ut av sengen. Hun har nettopp mistet moren sin, og vi ville ikke gjøre det mot henne eller noe annet barn, verken nå eller noen gang. Dessuten kjenner hun deg, og hun har det bedre på et kjent sted med mennesker hun stoler på og kjenner."

"Hun er en del av familien vår nå," sa El.

"Ja, men hun er ikke ditt barn," sa Briggs. "Dessuten finnes det lover og regler som må følges."

"Du er en kald kvinne," sa El og gikk helt opp i ansiktet på Briggs.

Miller trakk dem fra hverandre. "Jeg skal snakke med henne," sa han til El. Så sa han til Briggs: "Vi kan snakke om dette utenfor."

Briggs la hendene på hoftene. "Javisst, vi kan fortsette diskusjonen utenfor."

Hun tok et skritt mot døren, og sa så til El og Abe: "Så dere er klar over prosedyren. Når jeg har fått papirene i orden, vil en dommer avgjøre hva som blir neste skritt. Den normale prosedyren er at barnet blir overlevert. Vanligvis i løpet av de neste 24 til 48 timene. Hvis dette ikke skjer, vil det resultere i en bot for obstruksjon, fare for fare og muligens til og med fengselsstraff. Alt avhenger av dommeren som er tildelt Katies sak." Hun snudde ryggen til dem og gikk mot utgangen.

"Hun heter Katie", ropte El etter henne.

Miller beklaget dypt mens han fulgte Briggs ut døren.

KAPITTEL 41

MILLER OG BRIGGS

ILLER KLIKKET OPP DØREN til bilen sin. Vel inne i bilen smalt han den igjen. Etter å ha trukket pusten dypt et par ganger, låste han opp passasjerdøren og slapp Briggs inn i bilen. Mens hun festet sikkerhetsbeltet, slo han de knyttede nevene sine mot rattet. "Du hadde ikke trengt å være så hard mot dem."

"De har knyttet seg for mye til et barn som ikke er deres. Et barn som hører hjemme hos familien, ikke hos tilfeldige fremmede. Hun trenger mer enn noen gang å være sammen med slektninger, ikke med wannabe-slektninger."

"Hva om det ikke finnes noen slektninger?"

Briggs ristet på hodet. "Med mindre vi leter, får vi aldri vite det. Det er vår plikt overfor barnet å lete etter dem. Å snu hver stein. Å sørge for at hun får den beste omsorgen hos mennesker som kan hjelpe henne med å håndtere sorgen."

"De elsker henne, har gjort henne til en del av familien sin, og jeg har kjent dem i årevis."

"Det vet jeg, men det er noe. Det er noe som ikke stemmer. Jeg kan ikke sette fingeren på det, men det er der."

Idet han rygget ut av oppkjørselen, trakk Miller pusten dypt inn igjen. "Men hadde det ikke vært for dem, kunne hun ha blitt bortført eller drept. De reddet henne. Gud vet hva som ville ha skjedd med henne hvis hun hadde blitt etterlatt alene ved vannkanten hele natten. Du vet hvordan området er etter mørkets frembrudd. Narkomane og prostituerte. Barnet var forbannet heldig at Julius' familie fant henne, tok henne til seg og behandlet henne som om hun var deres eget barn."

"Jeg forstår hva du mener, sersjant Miller, men selv du må innse at barnet må ha førsteprioritet her. Og jeg må følge instinktene mine."

Han var så sint at han ikke klarte å snakke, så i stedet gravde han neglene ned i skinnbeskyttelsen på rattet mens hun fortsatte å snakke i vei.

"Du har vært i politiet i årevis nå, og ryktet ditt er enestående. Likevel lar du dine egne følelser spille inn på deg. Etter det jeg har hørt, lot du politiet betale regningen for å lete etter et barn som du visste hvor var i flere dager? Du lot til og med som om vi fortsatt lette etter ikke bare moren, men Katie også. Som du utmerket godt vet, var begge deler i strid med prosedyrene."

Miller gravde neglene enda lenger ned i rattbeskytteren. Han holdt pusten og konsentrerte seg om veien. Hvis han ikke gjorde det, ville han bli ekstremt sint, og ... han ville ikke miste kontrollen når hun skrudde på bryteren hans. Prøvde å få ham til å miste fatningen ved å stille spørsmål ved integriteten hans. Han var hennes overordnede, på alle måter, og likevel satt hun her og maste som om...

"Jeg skjønner", sa hun. "De er vennene dine, og de kan ikke få barn, så vips, her er alles barn som ingen vil ha."

Miller bremset da lyset gikk fra gult til rødt. "Hvem tror du at du snakker til?" spurte han. "For det første er det ingen som "betaler regningen", som du kaller det. Jeg fulgte faktisk rutinene og rapporterte til politidirektøren om at Katie bodde hos Abe og kona hans. Han ba meg overvåke situasjonen, og det gjorde jeg. Og da RCMP ble involvert, fortalte jeg dem hvor hun var. Jeg følger protokollen."

Hun ristet på hodet: "Jeg beklager, men dette er ikke personlig. Det er derfor systemet finnes, for å beskytte dem som ikke kan beskytte seg selv."

Han bekreftet det siste hun sa med et nikk, vel vitende om at det var sant. Det var fornuftig å la Katie være der hun var, men Briggs hadde rett i én ting, regler var regler. Fakta var som følger: Paret var eldre, og dette kunne påvirke domstolene.

"Dette er mitt område", sa Miller. "Ikke vift med regelboken mot meg. Jeg fulgte reglene, mens du fortsatt ble dyttet rundt i en barnevogn."

Briggs lo.

Han fortsatte, nå roligere. "Systemet har sine feil, men barnet Katie ble ikke borte i systemet. Hun ble overlatt til familien Julius' omsorg, som er søyler i samfunnet vårt."

Briggs var stille en stund. "Gitt er ordet jeg protesterer mot. Et barn er ikke en valp som kan overleveres. En dommer må se på fakta og avgjøre denne saken. Dommeren vil se ting svart på hvitt. De vil ikke la seg påvirke av følelser."

"Jeg går god for Abe og El. Hvis jeg døde, kunne jeg ikke tenke meg et bedre par til å ta seg av mine egne barn - hvis de fortsatt var barn. Mine har alle blitt voksne."

"Dette handler ikke om deg, sersjant Miller. Dette er ikke din kamp."

Miller var taus. Hun hadde rett i en annen ting: Det var ikke hans kamp. Men han kjente Abe og familien hans.

Miller satte Briggs av ved den parkerte bilen hennes og dro til stasjonen. Hun gjorde ham så sint, rasende. Det han hatet mest, var hvor rett hun hadde. På den ene siden ville de fleste dommere ikke brydd seg om Abe og El og hvor gamle de var.

På den annen side ville de gi blaffen i advokat Briggs' såkalte instinkter. Særlig ikke hvis han gikk inn og talte Julius' sak først. Han regnet med at det ville ta Briggs minst en halvtime å komme tilbake til kontoret. Mer eller mindre, avhengig av trafikken. I mellomtiden hadde han lagt en plan.

Tilbake på kontoret klikket Miller seg inn på databasen og leste betjent Lanes rapport. Han skrev inn et oppdatert tillegg:

Dato, klokkeslett. Sersjant Alex Miller og rådgiver Eleanor Briggs møttes i huset til familien Julius, der Katie Walker har bodd siden moren forsvant den dato, klokkeslett ... Sammen med Abe, kona hans, El og fostersønnen deres - han skrev over fostersønn - og la til adoptert.

Han stoppet opp, da han var usikker på om gutten fortsatt var fosterbarn eller adoptert. Han skrev fostersønn på nytt, mens Katie ble informert om morens død.

Etter min mening bør barnet forbli hos familien Julius. Hun kjenner dem og har opparbeidet seg tillit. Å flytte henne i denne sorgens stund til ukjente omgivelser, med mennesker hun ikke kjenner, ville være en grusom og unødvendig endring, og det kunne få konsekvenser for den lille jentas mulighet til å overleve tapet av moren.

Han sluttet å skrive og leste på nytt. Han følte et behov for å ta Briggs' intuisjon på alvor. Sannheten var at den eneste som hadde gjort barnet opprørt, var Briggs selv.

Han klikket filen lukket.

Miller ringte til en venn av ham, dommer Anders, som foreslo at det ble satt opp en foreløpig høring. Anders var enig i at det ikke var noen grunn til å rykke barnet opp med roten.

"Be saksøkeren om å komme til tinghuset om en time", sa Anders. "Så kan vi sette ting i gang."

"Takk," svarte Miller. Han la på og ringte Abe og forklarte hvorfor det hastet med å komme til tinghuset. "Møt meg i inngangspartiet, så fort du kan. Vi skal møte dommer Anders på hans kontor sammen og ordne opp i papirarbeidet." Han nølte, men fortsatte så. "Jeg har bedt om en tjeneste som jeg håper er nok til at du kan beholde Katie hos deg," sa Miller. "Så ikke kom for sent."

"Jeg er på vei," sa Abe, og bestilte en taxi. I samme øyeblikk som han satte seg inn i bilen, til og med før han hadde rukket å spenne på seg sikkerhetsbeltet, ga han sjåføren beskjed om å kjøre ham til tinghuset så fort som mulig.

"Hvis jeg får en bot, må du betale regningen", sa sjåføren.

"Jeg ber deg ikke om å bryte loven, bare følg den og unngå de mest trafikkerte rutene."

"Klart det", svarte sjåføren.

$$* * *$$

Tilbake på kontoret sitt bladde Eleanor Briggs gjennom filene til barnet Katie Walker på nettet. Bingo, hun fant en fersk rapport skrevet av betjent Lacey Lane. I den sa Lane at Katie hadde mareritt og gikk i søvne. Ved én anledning hadde hun til og med skadet seg selv. El Julius tok seg av henne uten å tilkalle ambulanse, og hevdet at han var kvalifisert sykepleier.

Til originaldokumentet skrev hun inn følgende tilføyelse:

Dato, klokkeslett. Rådgiver Eleanor Briggs og sersjant Alex Miller var til stede hjemme hos Julius, der Katie Walker ble informert om morens død. Til stede var også Abe, El og Benjamin Julius.

Katie hadde bodd hos dem siden moren forsvant på Date. Barnet tok imot nyheten så godt som det kunne gjøres under omstendighetene.

El Julius ble imidlertid fiendtlig innstilt da Briggs forsøkte å kommunisere direkte med barnet. Etter å ha lest politibetjent Lanes rapport er det denne rådgiverens oppfatning at de nevnte marerittene kan ha vært et direkte resultat av fru Julius' overmamma.

Dette er urovekkende, ettersom Katies mor, inntil i dag - ble ansett for å være i live. Det er derfor min anbefaling at Katie Walker fjernes fra Julius' hjem umiddelbart. Helst bør hun flyttes til et hjem med en slektning.

Hun sluttet å skrive og tenkte seg om et øyeblikk. Kunne denne informasjonen kaste lys over magefølelsen hun hadde? Hun bestemte seg for at det ikke gjorde det. Men nå hadde hun likevel mer informasjon som ville gjøre saken hennes sterkere.

Briggs var sikker på at de fleste dommere ville følge anbefalingene hennes og ta lille Katie Walker under provinsiell omsorg.

Hun trykket på SEND.

KAPITTEL 42

BRIGGS MISSER DET

En venninne som jobbet på dommer Anders' kontor, skyldte Eleanor Briggs en tjeneste. Hun ringte og informerte henne om situasjonen. "Den jævelen", utbrøt Briggs. Anders var ikke den typen dommer man kunne ringe og forhandle med. Ansikt til ansikt var den eneste måten å møte ham på. Hun løp ut av bygningen, ned til bilen sin og tok seg til tinghuset.

Briggs kunne ikke tro at Miller ville ta kontakt med en dommer, og enda mindre en som hun aldri hadde vært på bølgelengde med. Men når hun tenkte seg om, trodde hun ikke at Miller ville få vite at de hadde vært uvenner. Men ryktene gikk i distriktet. Folk snakket. Folk sladret som i alle andre yrker. Det var for mye av et sammentreff.

Miller måtte ha visst det. Hun svingte rundt et hjørne og fikk hvinende dekkskrik da lyset ble gult.

Hun slo nevene ned i rattet. Hun kunne fortsatt ikke fatte at det var dommer Anders som satt i dette innledende rettsmøtet. Han var kjent for å være overbærende og elsket historier som gikk rett til hjertet. Han var en god, rettferdig dommer, men han bar hjertet på ermet - noen mente at det var hans beste egenskap som dommer. For Briggs var det å følge reglene etter boka den eneste måten å jobbe på. Hvis bare Anders hadde visst om marerittene og at fru Julius utga seg for å være sykepleier - det kunne ha forandret alt.

Briggs kom frem til dommerens kontor akkurat idet Miller og Abe var på vei ut.

"Du kommer for sent", sa Miller. "Dommer Anders har godkjent vår anmodning om at Katie skal få bli hos Julius i én måned. Han vil ta saken opp igjen når perioden er over."

Briggs presset seg gjennom de to mennene og gikk inn på Anders' kontor og lukket døren bak seg.

"Han kommer ikke til å sette pris på å bli overprøvd", sa Miller da han og Abe forlot bygningen.

KAPITTEL 43

ABE OG MILLER

MILLER VAR FORNØYD MED utfallet da han kjørte Abe hjem. Det eneste som kunne endre situasjonen for Katie i løpet av den neste måneden, var hvis en slektning meldte seg. Ellers ville barnet forbli i deres varetekt på ubestemt tid.

Abe var stille helt til bilen stoppet ved huset hans. "Hva skjer hvis Briggs får det som hun vil, og Katie blir sendt til helt fremmede mennesker?"

"Vi har fått medhold i en kjennelse, så la oss ikke bekymre oss for det nå."

"Men jeg er bekymret. Jeg er sikker på at Benjamin og El også er bekymret. Skal vi si til barnet at hun kanskje bare skal være hos oss i en måned? For å forberede henne?"

"En måned er lang tid for en liten jente som Katie," sa Miller. "Og hun sørger fortsatt over moren sin."

"Det blir en vanskelig vei å gå, men takk skal du ha", sa Abe da han steg ut av bilen. Han vinket da sersjant Miller kjørte av gårde.

KAPITTEL 44

KATIE

D A KATIE VÅKNET, STIRRET hun opp i taket. De små rosenbladene så enda vakrere ut i dag, når solen skinte inn på dem. Hun så på de røde kronbladene som danset i luften, rullet og flakset som i en film.

El lå og sov ved siden av henne, og Benjamin lå og sov på stolen. Hun husket at noe vidunderlig hadde skjedd, og så noe som ikke var så vidunderlig.

Hun lukket øynene og prøvde å huske både det gode og det vonde. Hun tenkte på mannen i politiuniformen og den skumle kvinnen. Hun rykket til da hun husket at kvinnen hadde tatt tak i henne.

Så husket hun. Den slemme kvinnen sa at moren hennes var død, men det var hun ikke. Hun jamret seg.

Benjamin og El omfavnet barnet i armene sine.

"Hun er ikke død," sa hun med tårer i øynene.

"Det kommer til å gå bra," sa El og kjempet tårene tilbake.

"Vi er her for deg", beroliget Benjamin.

Benjamin visste at han ikke kunne ta bort smerten hennes, den var hennes og hennes alene. Han hadde selv opplevd den samme smerten ved å miste. Derfor visste han at han kunne hjelpe henne ved å dele smerten hennes, slik Abe hadde gjort for ham for lenge, lenge siden. Da hadde han delt sin smerte med Abe, nå ville han la Katie dele sin smerte med ham.

KAPITTEL 45

MER KATIE

DA ABE GIKK INN, fant han Benjamin og El på Katies rom.

"Jeg må snakke med deg, El", hvisket han.

Hun kom ut og lot Benjamin og Katie stå igjen med døren på gløtt.

Abe tok kona i hånden og førte henne ned i gangen.

"Tar de henne bort fra oss?" spurte hun.

"Bli med inn på kjøkkenet når vi kan snakke ordentlig sammen."

Benjamin hadde våknet og lyttet med, helt til de beveget seg bort til kjøkkenet.

"Nei, vi vant i dag, hun kan bli hos oss i minst en måned til, kanskje på ubestemt tid."

"Jeg er glad for at hun slipper å bli flyttet. Hun er ikke i form til å bli tatt bort for å bo med fremmede. Jeg ville ikke orket det."

"Det er bare midlertidig, men takket være sersjant Millers innsats er det en seier."

"Vi må fortelle det til Benjamin."

De gikk til Katies rom. Hun sov, men Benjamin var ikke å finne noe sted. Da de kom tilbake til Katies rom, kjærtegnet El den lille jentas hode. Hun kastet dynen tilbake: Det var dukken, ikke Katie. "Å nei!" utbrøt hun.

Det eldre ekteparet lette i alle rom i huset, og så gikk de ut i hagen. Fortsatt ingen tegn til verken Katie eller Benjamin.

"Hvor kan de ha tatt veien?" spurte El.

"Jeg vet ikke," sa Abe.

"Hun var så fortvilet. Vi hadde akkurat fått henne til ro før du ba om å få snakke med meg." Hun gispet. "Kanskje Benjamin trodde de ville ta henne med seg, og så tok han henne før de rakk det. Da du ropte meg ut av rommet ... Han må ha tenkt ..." Hun gråt i hendene sine.

"De kan ikke ha kommet langt."

KAPITTEL 46

BENJAMIN OG KATIE

HAN BAR DET SOVENDE barnet i armene og satte seg inn i drosjen han hadde bestilt.

"Søsteren min sovnet før jeg fikk kjørt henne hjem," forklarte han.

Sjåføren trakk på skuldrene.

Benjamin strøk Katie over håret mens hun sov. Å ta henne med hjem hadde vært den eneste måten å holde henne trygg på. Det var farer overalt. Farer som bare han kunne beskytte henne mot.

Førtifem minutter senere, på den andre siden av byen, kom Benjamin hjem. "Du kan sette oss av her", sa Benjamin.

"Hun sover jammen godt," sa sjåføren. Han gikk ut og åpnet døren. Benjamin la noen sedler i hånden hans.

Mannen i døren åpnet den, og han tok nøkkelen. I heisen rørte Katie på seg et øyeblikk, men så sovnet hun igjen.

Da han kom til syvende etasje, åpnet han døren og la henne forsiktig ned på sengen. Han trakk for gardinene, la et teppe over henne og satte seg i en stol ved siden av sengen. Han slumret inn.

"Hva er det som har skjedd? Hvor er jeg?" spurte Katie, gned seg i øynene og prøvde å komme seg ut av sengen. Det klarte hun ikke, så hun ble liggende på puten. Noen timer hadde gått, og hun befant seg på et ukjent sted. Et sted som luktet av sukkerspinn og brent toastbrød.

Benjamin hadde ventet på at Katie skulle våkne før han snakket med henne. Etter hvert som medisinen han hadde gitt henne, hadde virket, kunne han snakke med henne. Forklare ting. Holde henne rolig.

Han ville ikke at hun skulle skrike. Noen kunne høre henne hvis hun skrek. Da måtte han skade henne. Han ville ikke skade henne.

KAPITTEL 47

ABE OG EL

"JEG TROR DET ER best vi ringer sersjant Miller og gir ham beskjed," sa Abe.

El stoppet ham. "Hvorfor det? Alt kommer til å gå bra. Han kommer til å bringe henne tilbake. Hun har ikke gått langt, ikke uten dukken sin."

"Jeg har en dårlig følelse," sa Abe. "Jeg ringer sersjant Miller." Han reiste seg og gikk bort til telefonen. Plukket den opp og begynte å ringe.

"Du har rett, Abe." Hun rykket nærmere ham akkurat idet mannen la fra seg røret og snudde ryggen til for å gå sin vei. "Det må være vi som melder det. Begge barna er savnet."

Hun fulgte tett i hælene på mannen. "Det er vårt ansvar. Vi må finne barna, og det raskt."

"Og det skal vi gjøre, det er ingen grunn til panikk."

"Kanskje," sa El, mens Abe nok en gang la på røret. "Ja, kanskje. Men ..." El gikk mot inngangsdøren. "Jeg går ut for å rope etter dem. Kanskje de gjemmer seg. Leker gjemsel."

Abe tok henne i armen. Han trakk henne inn i stuen igjen.

El så i stillhet på at mannen hennes gikk rundt og ble mer og mer opprørt for hvert øyeblikk som gikk.

KAPITTEL 48

KATIE

På EN STOL VED siden av sengen satt Benjamin. Han så ut som Benjamin, og så gjorde han det ikke. Han var helt uskarp og langt borte.

Hvor var El? Hvor var Abe?

Hun så opp i taket, det var ingen dansende rosenblader i dette rommet. Rommet begynte å snurre, mens magen steg opp i halsen hennes.

Benjamin sto ved siden av henne og holdt en isbøtte som hun kastet opp i. Da hun var ferdig, gikk han inn på badet og spylte innholdet i bøtta ned i toalettet. Han strødde kaldt vann på en vaskeklut og gikk tilbake for å legge den på barnets panne.

"Er det bedre nå?" spurte han da telefonen vibrerte. Det var Abe som ringte. Han slo av telefonen og tok ut batteriet. Han la den på bakken og trampet på den, før han kastet restene i søpla.

Katie så stille på til han kom tilbake. "Ja, takk", sa hun. Han satte seg på enden av sengen og så på henne. "Hvor er vi? Hvor er mammaen min? Jeg vil ha mammaen min! Og hvor er Abe og El? Jeg vil ha El."

Benjamin snudde seg bort og reiste seg. "De måtte reise bort. Akkurat som mammaen din måtte reise bort." Han beveget seg gjennom rommet og satte seg i en stol. Han trakk opp beina, slik at han satt i yogastilling, og lukket øynene som om han hadde tenkt å meditere.

Katie hulket.

Han åpnet øynene. "Det er deg og meg nå, du og meg, gutt." Han lukket øynene igjen og dekket ansiktet.

Katie begynte å jamre: "Jeg vil ha mammaen min. Jeg vil ha mammaen min!"

Benjamin beveget seg over gulvet mot henne.

Hun rygget tilbake fra ham og slo armene rundt seg selv.

KAPITTEL 49

EL OG ABE

E L BLE MER OG mer utålmodig med Abes passivitet.

"Vi må gjøre noe nå", sa hun. "Tiden går, og hva som helst kan skje. Jeg skulle ønske jeg ikke hadde hindret deg i å ringe Alex. Jeg skulle ønske..."

Hun grep etter telefonen.

"Ikke gjør det," sa Abe og tok tak i armen hennes. "Bare ikke gjør det."

KAPITTEL 50

FØLELSE

B ETJENT MILLER HADDE EN mappe som ventet på skrivebordet da han kom tilbake til kontoret sitt. Han bladde gjennom en rapport som bekreftet at den døde kvinnens navn var Margaret (Maggie) Monahan. Han stoppet opp og satte seg tilbake i stolen. Vent nå litt. Katies mor het Jennifer Walker. Men DNA-rapporten stemte overens med Katie.

Han lente seg fremover og fortsatte å lese om Margaret Monahan. Da fingeren hans løp nedover biografien hennes, bekreftet han en forbindelse: en søster. Margaret Monahan var det gifte navnet til Jennifer Walkers søster.

Han leste videre og oppdaget at begge foreldrene døde før Katie ble født. Så hun hadde aldri møtt besteforeldrene sine.

Han tenkte på Katies reaksjon på nyheten. Hvordan hun hadde nektet å tro på det - og hun hadde hatt rett.

Miller stormet ut av kontoret sitt, han måtte gå et sted, men visste ennå ikke hvorfor. Navnet til Abe dukket opp i hodet hans. Hvorfor? Han ringte ham.

Han fikk ikke svar. Likevel var det noe som gnagde i ham. Han gikk til bilen sin, satte på sirenen som skilte trafikken på alle kanter mens han kjørte til Abes hus.

Da han kjørte inn i oppkjørselen, la han straks merke til at inngangsdøren sto på vidt gap. I butikken ved siden av hang det et STENGT-skilt i vinduet.

Miller gikk inn og ropte: "Er det noen hjemme? Det er Alex Miller. Abe? El?"

Huset var ryddig og stille. Ingen lyd fra fjernsyn eller radio. Men noe var virkelig galt, følelsen hans hadde vært riktig. Han trakk våpenet og rundet hjørnet som førte inn i stuen.

På gulvet lå det et lik, liket av El Julius.

KAPITTEL 51

ABE

Etter å ha forsøkt å ringe Benjamin - uten å få svar - gikk Abe ut på gaten og vinket inn en taxi.

"Kjør meg til togstasjonen", forlangte han og rotet i lommeboken. I hastverket hadde han glemt å ta med ekstra kontanter. Han skulle få dem på stasjonen.

"Klart det", sa sjåføren og skrudde opp radioen.

Abe prøvde å ringe Benjamin igjen, men uten hell. Ville gutten være så idiotisk at han tok med seg barnet til det hemmelige stedet deres?

KAPITTEL 52

KATIE OG BENJAMIN

BENJAMIN LA ARMEN RUNDT skulderen til Katie, og de satte seg side om side på sengen uten å snakke sammen. Hun klynget seg inn til ham.

"Benji", sa hun og slo armene rundt livet hans.

Han kysset henne på hodet. Han nynnet, en vuggesang, til hun sovnet igjen. Han holdt seg for ørene. Han hatet lyden av minikjøleskapet som surret. Han trakk støpselet ut av veggen.

KAPITTEL 53

MILLER OG EL

"HERREGUD, EL", SA MILLER og gikk ned på ett kne for å kjenne på pulsen hennes. Den var der, svak, men den var der. Han holdt hodet hennes i armen, og hun åpnet øynene.

"Hvem har gjort dette mot deg?"

"Abe", hvisket hun.

Miller lente seg nærmere, han hadde ikke hørt riktig. Hadde han?

"Abe. Det var Abe", sa hun og himlet med øynene, mens han med den ledige hånden tastet 911 på telefonen.

Etter at ambulansen hadde kjørt av gårde med hylende sirener, forsøkte sersjant Miller å finne Abe, Benjamin og Katie. Hvor var de blitt av? Hadde de dratt et sted sammen og etterlatt El i denne tilstanden?

Mens Miller gikk gjennom alt, uten at noe ga noen som helst mening, ringte telefonen hans. Han håpet at noen visste noe. Og at El kom til å klare seg. Det måtte hun.

"Beklager, sersjant, men hun har fått hjertestans", sa ambulansesjåføren. "Vi kunne ikke redde henne."

"Å nei", sa Miller og koblet fra.

Han måtte tenke gjennom dette. Han måtte klarne hodet. Han måtte finne Katie Walker og fortelle henne at hun hadde rett. Moren hennes var ikke død, men El var det. Hvordan skulle han fortelle dem nyheten?

Miller ringte stasjonen og ba om at et team ble sendt ned for å spore alle innkommende samtaler.

"Så snart som mulig - jeg mener i går", sa han.

Et øyeblikk senere var et team på vei til Julius' hus.

KAPITTEL 54

BENJAMIN OG KATIE

BENJAMIN VUGGET KATIES HODE og vugget det frem og tilbake og frem og tilbake. Han lot som om de satt i en gyngestol, selv om de ikke satt i en. I stedet befant de seg på det hemmelige stedet. Det hemmelige stedet der alle de glemte barna var.

De andre barna løp og lekte, mens Katie sov videre. Benjamin vinket til dem, så la han fingrene mot leppene.

"Hysj," hvisket han.

Han lekte med håret hennes og tenkte på hvordan han skulle forklare avgjørelsen han hadde tatt. Det var ikke første gang han hadde tatt noen med til det hemmelige stedet: stedet inne i Van Goghs maleri Solsikker.

Men Katie var den yngste, så han måtte velge hvert ord med omhu og omtanke. Han skjønte at hun ville bli redd når hun våknet. Det var også derfor han hadde gitt henne mer av sovemedisinen, mens han bestemte seg for hva han skulle gjøre. Han håpet at overgangen ville bli rolig og enkel. Siden hun også var foreldreløs nå. De skulle være sammen med de andre barna. Ingen trengte å være alene, ikke her i denne nye verdenen.

Han husket første gang han våknet opp i Van Goghs verden. Abe hadde aldri gjettet at han var ute av kroppen sin mens den gamle mannen gjorde fæle ting med den.

Og nå ville han aldri få vite det. For han, Katie og de andre var trygt gjemt i en ny verden der voksne ikke hadde lov til å ferdes.

KAPITTEL 55

ABE

D A ABE KOM TIL togstasjonen, så han på rutetabellen. Han kjøpte en billett og synkroniserte klokken med den beregnede ankomsttiden. Han hadde en stund å vente. Vente og bekymre seg. Han gikk over perrongen, satte seg på en tom benk og begynte å gå gjennom bekymringene én etter én. Denne metoden for å takle hvert enkelt problem hadde vært en verdifull strategi for ham tidligere.

Først laget han en mental liste som begynte med El, Benjamin og endte med Katie. Det var en kort liste, en liste han raskt kunne få oversikt over.

Hendelsen med El var uheldig. Hun overreagerte, noe som fikk ham til å gjøre det samme. Hvis hun bare hadde latt ham ta hånd om det.

Det hadde hun gjort tidligere, og på den måten unngått en konfrontasjon. Han hadde ikke slått henne hardt. Det var bare et kjærlighetstrykk. Hun ville komme seg og tilgi alt, som hun alltid gjorde. Han ringte hjem for å høre hvordan hun hadde det.

"Hallo," bjeffet en mannsstemme, mens Abe gikk bort til pengeautomaten. Etter å ha tatt ut penger sjekket han hvilken perrong toget hans ville ankomme på, og gikk dit.

Abe sa ingenting, for han ble lamslått av taushet da han gjenkjente Alex Millers stemme i den andre enden. Hva gjorde han der? Hadde El ringt ham? Hadde hun tenkt å anmelde ham? Det hadde hun aldri gjort tidligere, for de hadde alltid ordnet opp mellom seg.

"Abe, er det deg? El er død. Abe? Abe? Abe?"

Abe kunne ikke tro det. El kunne ikke være død. Han slapp telefonen, og den traff fortauet. Han hørte Alex rope navnet sitt, og tok telefonen. Gudskjelov at den fortsatt virket.

"Hva er hun? Nei, det kan hun ikke være!"

Bak ham var Millers team av betjenter i ferd med å spore hvor Abe befant seg, og prøvde å få telefonen hans til å synkronisere og sende ut posisjonen hans. Betjentene brukte håndsignaler for å indikere at de trengte mer tid.

Miller sa "Hun fikk et kraftig slag i hodet, jeg ringte ambulansen, men hun kom seg ikke til sykehuset. Hvor er barna? Verken Katie eller Benjamin er i huset. Hvor er du?"

Abe gikk mot trappen og ville hjem. Han måtte holde seg til planen. Å finne Benjamin og Katie.

Betjenten antydet igjen at Miller burde forlenge samtalen ved å holde ham på linjen.

"Inngangsdøren din var vidåpen da jeg kom hit. Jeg var bekymret for deg, Abe. Vi har vært venner så lenge at jeg bare hadde en magefølelse. Som om du trengte meg eller noe," Miller kikket bort, de var i ferd med å peile seg inn på hvor han befant seg.

Han fortsatte. "Jeg tenkte bare på den gangen du og jeg tok med oss de to guttene mine ut på båten og fisket litt. Husker du det? Det virker så lenge siden nå, så vi burde gjøre det igjen. Vi kunne ta med Benjamin og Katie denne gangen. De ville elske det. Tror du ikke?"

sa Abe. "Jeg kan ikke tro det med El. Hvordan kan hun være død? Hvem ville noen gang gjøre El noe vondt?" Han stoppet opp og spurte: "Sa hun noe?

"Nei, Abe, hun var bevisstløs da jeg kom. Jeg har vært i politiet så lenge, og vi har vært venner så lenge, så vi har vel en forbindelse. Som jeg sa, da jeg kom, sto døren på vidt gap."

Abe trakk pusten.

"Går det bra med deg? Hvor er du? Jeg kommer og henter deg, du vil nok se henne, og vi kan finne de to barna, de må få vite det."

En togfløyte hørtes, etterfulgt av en tøffende lyd.

"Jeg må gå nå," sa Abe. Hans gamle venn snakket i vei - ikke noe han ville gjort under normale omstendigheter. El hadde sagt noe. Nå prøvde de å finne ut hvor han befant seg. Han kastet telefonen i søppelbøtta.

"Vent, Abe!" Miller ropte og så på betjenten.

"Vi vet hvor han befinner seg, på en togstasjon på østsiden. Jeg sjekket nettopp, og toget på perrongen har kjørt, men han er fortsatt på perrongen."

"Send meg posisjonen, så drar jeg dit nå."

"Skal bli", sa betjenten.

Da han satte seg inn i bilen, satte han blinklyset på taket. Han satte på sirenene, noe som gjorde at han kom seg gjennom den tette trafikken som smør.

KAPITTEL 56

ABE OG TOGET

P å TOGET SATT ABE på et sete langt unna de andre passasjerene, slik at han kunne tenke. El var borte. Hun var død. Han hadde drept henne, men det var en ulykke. Han hadde ikke ment å skade henne. Livet hans var ikke verdt noe uten henne.

Ved første stopp betraktet han passasjerene på perrongen. Det var irriterende å se dem gå rundt som roboter med full oppmerksomhet rettet mot telefonene sine. Hvis noen gikk bak dem, kunne de dytte dem ned på sporet. De ville vært døde før de visste hva som skjedde. Det var trist hva verden var blitt til. Vandrende roboter.

Det var derfor han hadde unngått å bruke mobiltelefon så lenge. Det var først da Benjamin lærte ham fordelene ved å ha den for hånden, at han begynte å bruke den. Når de møttes på kort varsel, sendte de hverandre tekstmeldinger. Meldingene var kodede, slik at ingen andre skulle vite hva de snakket om. Det var spennende, morsomt.

Mens han tenkte på Els død, fant Abe på en historie i tankene sine. Han ville fortelle den til sersjant Miller neste gang han så ham. Han ville begynne med å fortelle sin gamle venn, Benjamin, hvordan han var redd for at de skulle ta Katie under omsorg. Benjamin som hadde blitt mishandlet i fosterhjemssystemet. Hvordan den stakkars, fortvilte tenåringen hadde dyttet El ved et uhell. El hadde falt i gulvet. Hvordan han selv hadde sjekket, og El var klar i hodet, og deretter, med El's samtykke, hadde løpt ut av huset for å finne Benjamin som hadde tatt Katie etter at han hadde skadet El og stukket av.

Ja, etter alt han hadde gjort for gutten, ville han overtale ham til å gå med på historien. Han hadde sine metoder for å få gutten til å gjøre alt han ville.

Noen satte seg i setet bak ham: en kvinne, det luktet parfyme av henne. Han kikket seg rundt, ja, en ung kvinne. Kanskje tjuefem. På vei til jobb eller fest, tenkte han, pent kledd. Han så henne ta et eple opp av vesken, og grøsset da hun tok en bit, og deretter flere. Hun tygget med åpen munn. Litt eplesaft sprutet ned på halsen hans. Han tørket det bort. Ekkelt og irriterende. Hun knasket og tygget. Knaset og tygget. Han ventet på neste knas, ventet med spente skuldre, men det kom aldri. Han kastet et blikk bakover for å se hvorfor, og oppdaget at kvinnen holdt på å sette noe i halsen.

"Er det noen som kan Heimlich-manøveren?" ropte Abe, men han og kvinnen var de eneste i vognen.

Han lukket munnen og innså at ropene hans hadde skapt oppmerksomhet rundt situasjonen, og i et lite sekund, kanskje mer, ønsket han at han hadde latt kvinnen bli kvalt.

Da medpassasjerene kom mot dem, dunket han kvinnen hardt i ryggen, og hun spyttet eplet ut på gulvet.

KAPITTEL 57

MILLER I FORFØLGELSE

MILLER SUSTE GJENNOM TRAFIKKEN. Han fikk plass ved inngangen til jernbanestasjonen. Han lot lysene blinke slik at billettørene ikke skulle arrestere ham. Han løp opp trappene.

"Du er nesten fremme. Rett fram. Rett til venstre for deg", sa overvåkningsbetjenten.

"Det eneste som står på perrongen, bortsett fra meg, er en søppelkasse", sa Miller. Han gikk mot den.

"Ja, det er der signalet kommer fra."

Miller tok på seg hanskene og stakk hendene ned i søppelkassen. Han skjøv et bananskall til side og fant det han lette etter: Abes telefon.

"Kan jeg hjelpe deg?" spurte en konduktør.

"Ja, når gikk det siste toget herfra?"

"For et kvarter siden, men de kom ikke langt."

Miller tok en dobbeltkikk. "Hvordan det?"

Konduktøren fortsatte. "Toget stoppet på grunn av et nødstilfelle med en passasjer om bord. Ambulansen har hentet en kvinne, og hun er på vei til sykehuset. Hun har fått et eple i halsen. De sier at hun kommer til å bli bra, de bare sjekker henne for å være sikre av forsikringshensyn."

"Hva var togets endelige destinasjon?" spurte Miller.

"Det er et ekspresstog, så det er bare ett stopp ved enden av linjen."

"Takk," sa Miller. Han skyndte seg ned trappen, inn i bilen og aktiverte sirenen.

KAPITTEL 58

ABE DEN GODE SAMARITAN

A BE SATT IKKE LENGER på toget, men holdt hånden til kvinnen han hadde reddet. De satt i baksetet på en ambulanse og var på vei til sykehuset.

Kort tid etter at hun hadde spyttet ut eplet, kom ambulansen. Den irriterende unge kvinnen nektet å sette seg inn i bilen hvis ikke Abe ble med henne til sykehuset.

"Han er min barmhjertige samaritan", sa kvinnen.

Etter at ambulansepersonellet hadde dyttet kvinnen inn på sykehuset på en båre, så Abe sin sjanse til å slippe unna. Han ringte etter en taxi. Mens han ventet på perrongen, kom ambulansesjåføren ut.

"Takk for at du tok kontroll over situasjonen og reddet livet hennes."

"Klart det", sa Abe gjennom det åpne vinduet. Så sa han til sjåføren: "Slipp meg av på hjørnet av Magnolia og Oak."

Den hvite varebilen kjørte av gårde, mens ambulansesjåføren satte seg inn i førerhuset. En melding kom over radioen, der alle sjåfører ble bedt om å holde utkikk etter en mann som passet på beskrivelsen av Abe.

Chapter 59
KAPITTEL 59

M illers telefon ringte. "En ambulansesjåfør ringte nettopp. Han sa at en mann som passet på beskrivelsen av Abe dro for noen minutter siden i en hvit varebil. Ja, fra sykehuset. Han sa at Abe reddet livet til en kvinne på toget."

"Høres mer ut som den Abe jeg kjenner. Fikk sjåføren tak i registreringsnummeret?"

"Nei, men han hørte den eldre herren be om å bli kjørt til hjørnet av Magnolia og Oak."

"Jeg er nesten framme nå," sa Miller og koblet fra. Han lurte på hva som befant seg i nærheten - det var et velkjent snuskete område der horene florerte i gatene selv på dagtid.

Noen kvartaler senere stoppet en hvit varebil ved lyskrysset nær Magnolia. Miller gikk ut av bilen og nærmet seg passasjersiden. Abe var ingen vårhare, men han ville ikke ta sjansen på at han kunne stikke av. Det var ingen passasjer i bilen.

Abe viste legitimasjon og spurte om han hadde tatt med seg en passasjer, en eldre herre, til dette stedet. Mannen nikket. "Hvor ble det av ham?"

"Han gikk ut et par kvartaler unna. Betalte meg kontant og sa at han ville gå resten av veien."

"Så nærme", sa Miller mens han gikk tilbake til bilen, men så ombestemte han seg og gikk ut på fortauet. Han så opp og ned - ingen tegn til Abe. Han krysset gaten og gjorde det samme der, og så noen komme ut av en butikk med en veske. Han måtte løpe noen kvartaler for å ta ham igjen - uten å se på lysene - men til slutt fikk han øye på ham.

Miller så på mens hans gamle venn gikk opp trappen. En concierge åpnet døren for ham og løftet på hatten.

Miller viste frem skiltet sitt og gikk inn. Heisdørene var i ferd med å lukke seg, og han var på vei opp til sjuende etasje. Han vurderte å ta trappene opp, men ventet i stedet på at heisen skulle komme ned igjen. Han gikk inn og trykket på knappen, og i løpet av et øyeblikk var han i riktig etasje, der han hadde fire dører å velge mellom. Hvilken av dem var Abes? Og hva gjorde han i en leilighet i dette området? Forsiktig beveget han seg fra dør til dør, mens han lyttet med øret hardt mot døren for å høre om det var noen lyder der inne.

Han hørte ingenting før han nådde dør nummer fire.

KAPITTEL 60

ROMMET

INNE I ROMMET STO Abe helt stille mens han prøvde å få igjen pusten. Var han i ferd med å miste forstanden? Et øyeblikk trodde han at han hadde sett Alex Miller der ute. Men den gamle vennen kunne umulig ha fulgt etter ham - han hadde jo lagt fra seg telefonen.

Han åpnet vesken, pakket ut den nye telefonen og satte den til lading. Så tok han frem to poser med godteri - Benjamins favoritter. Han helte dem opp i et fat som han plasserte på nattbordet.

Da han så seg rundt i rommet, la han merke til to glass på salongbordet. Så de var der, eller hadde vært der. Han innså at han var tørst, og skjenket seg et kaldt glass vann.

Han drakk det ned, så helte han opp et glass til og holdt det mot pannen. Det føltes godt, så han holdt det på plass mens han så seg rundt i rommet.

Bak ham dryppet kranen. Han husket da han lå i sengen etter en av de mange timene de hadde hatt, og Benjamin sov ved siden av ham. Selv da pleide kranen å dryppe dryppe dryppe dryppe. Han måtte stå opp av sengen og stramme den. Gå tilbake i sengen, og igjen, drypp, drypp, drypp. Under vasken fant han en skiftenøkkel og fikset problemet, men nå var det tilbake igjen. Det var en stund siden de hadde vært sammen.

Han satte seg på sengekanten. "Katie? Benjamin?" Han fikk ikke noe svar. Han prøvde igjen og løftet opp dynen for å se under sengen. "Jeg kan høre at du puster." Han beveget seg mot balkongen: "Kom ut, kom ut, hvor enn du er."

KAPITTEL 61

HVA?

Vent litt. spurte Miller seg selv, sa Abe navnene deres høyt? Han presset øret nærmere. Der var det igjen, den gamle mannen ropte på barna, som om de lekte gjemmelek. Miller klødde seg i hodet. Tonen Abe brukte, var leken og velkjent. Som om han hadde gjort dette før.

Inne i rommet hørte han fottrinn, etterfulgt av lyden av en dør som ble åpnet og lukket. Han holdt øret mot døren, mens et toalett spylte, kranen skrek, døren åpnet seg, og fottrinn banet seg vei gjennom rommet der en seng knirket. Et øyeblikk senere hørte Miller høylytte snorker. Abes kone var død, og han tok seg en lur.

KAPITTEL 62

DRØMMEN

A BE DRØMTE AT HAN var hjemme igjen, og at han var sammen med El. I det ene øyeblikket fløy de sammen over himmelen. I et annet lå de i skje på sengen.

Hun hvisket inn i øret hans: "Abe."

"Abe", hvisket Benjamin.

"Benjamin?" sa han da han reiste seg fra sengen. Han fikk ikke noe svar.

Abe gikk bort til skapet. Han husket Benjamin, for mange år siden, da han først hadde kommet inn i hjemmet deres. Han var redd for alt og alle, og han hadde funnet trøst ved å gjemme seg inne i et skap.

"Jeg vet at du er der inne", sa han og skjøv døren opp. Og ganske riktig, Benjamin var der inne. Langt, langt bak mot veggen, sittende med bena i kors.

Abe følte langs veggen og lette etter en lysbryter. Det var ingen der.

"Kom ut, Benjamin," lokket han. "Jeg har med sjokolade og godteri, favorittene dine." Gutten rørte seg fortsatt ikke. Abe trakk seg tilbake til stedet der telefonen ladet. Nesten halvveis. Han lastet ned lommelyktapplikasjonen. Han prøvde den, og den fungerte fint. Han gikk inn i skapet med telefonen som lyste opp veien.

Benjamin holdt noe i hånden, en fillete dukke. Abe siktet seg inn med lommelykten. Det han holdt i hånden, var ikke en dukke, det var Katie.

Han beveget seg nærmere, nærmere. Han strakte ut hånden og berørte først guttens kinn, så jentas - begge var iskalde. Han skrek et skrik som kunne vekke de døde.

KAPITTEL 63

BRYTE SEG GJENNOM

ILLER SPARKET INN DØREN med støvlene. Inne trakk han pistolen ut av hylsteret idet Abe kom ut av skapet. Som en zombie svaiet han over gulvet og falt først ned på knærne, deretter med ansiktet ned på gulvet.

Miller hadde fortsatt pistolen rettet mot Abe, som hulket og klynket som en mann som hadde mistet forstanden. Miller rykket nærmere og prøvde å finne ut hva han sa. Først fikk han ikke tak i det, men så hørte han: "Død. Død. Død."

Han snudde seg mot skapet, og da døren allerede var åpen, gikk han inn. Det var for mørkt, han kunne ikke se noe som helst. Han gikk ut, brukte den taktiske lommelykten på våpenet sitt og gikk inn igjen.

KAPITTEL 64

KROPPENE

LOMMELYKTEN VAR FOR STERK for et så trangt og lite rom. Strålene spratt og skapte mørke skygger før de fikk øye på det som var der. To barn: Benjamin og Katie.

Først trodde han at de sov. Han kjørte lyset over øynene deres. Først gutten, så jenta. Nå var han sikker. Han hadde sett det så mange ganger. De to barna så ut som likene som lå på likplatene på likhuset.

Han rørte ved Katies ansikt og rykket til: Det var iskaldt. Stakkars barn. Døde uten å vite at hun hadde rett om moren sin. Benjamin var også kald.

Han visste at han ikke burde flytte dem. Han burde ikke forstyrre deres siste hvilested. Og likevel, selv om han visste bedre. Selv om han innså at han ville forstyrre bevisene, gjorde han det likevel.

Miller måtte først løsne dem. Benjamins armer lå rundt Katie, som om han prøvde å beskytte henne. Hodet hennes hvilte på skulderen hans. Håret hennes, som luktet honning, strøk mot kinnet hans da han satte henne ned på sengen. Han gikk tilbake til skapet og kastet et blikk på Abe mens han gikk. Han lå fortsatt på gulvet og så fremover som en zombie. Miller løftet Benjamin opp og satte ham fra seg på sengen.

Han kikket på Abe, klødde seg i hodet og tenkte på sine egne barn. Hvordan kunne dette ha skjedd? Hva hadde det med Els død å gjøre? "Hva skjedde, mann?" sa han til Abe.

Abe trakk seg opp på knærne. Han hadde ikke krefter til å komme seg på beina. Hodet hans hang og dinglet, og øynene stirret ned i gulvet.

"Hva i helvete har skjedd her?" ropte Miller.

Abe hulket og kastet seg ned på teppet. Han presset hele ansiktet ned i teppet, som om det var en trøst for ham å kjenne det ru stoffet mot huden.

Miller gikk nærmere, slik at støvlene hans rørte ved Abes hode. Han hvisket: "Katie hadde rett - moren hennes er i live."

"Hva?" svarte Abe.

"Det spiller ingen rolle nå," sa Miller. "Hun er død. De er døde begge to."

Denne gangen dunket Abe pannen i gulvet.

Miller skjenket seg et glass vann. Han drakk det ned, men det kom rett opp igjen, mens kranen dryppet i bakgrunnen. Han tenkte på å gi vann til Abe. Men han gjorde det ikke.

"Reis deg, Abe", forlangte Miller. Da han sto oppreist, ristet Miller på skuldrene hans: "Forklar deg, mann."

Abe begynte å snøfte og gråte. Han krøp sammen på knærne.

Miller gikk til skapet, tok ut et teppe og la det over skuldrene til Abe. Han forsøkte å ikke tenke på barna, men konsentrerte seg i stedet om ting han måtte gjøre. Han måtte ringe rettsmedisineren og sette i gang en etterforskning. Hvorfor nølte han? Hva var det han ventet på? Det ga ingen mening - ingenting av det. Barna var iskalde - som om de hadde vært døde en stund - mens de ifølge El ikke kunne ha vært borte lenge. Så hva var det som hadde skjedd? Hvem var ansvarlig? Han ringte inn, uten å gi noen forklaring. "To døde barn: ukjent årsak", sa han.

Mens han ventet på å få snakke med sjefen sin, kastet han et blikk på de to barna på sengen. De så redde ut - som om de hadde blitt skremt i hjel. Han ristet på hodet. Folk kunne dø av mange ting, men ikke av frykt.

Etter at han hadde koblet fra samtalen, gikk han tilbake til Abe. "Hva i all verden er det som har skjedd her?" Han hjalp Abe på beina og førte ham mot vasken for å hente et glass vann.

Abe tok en slurk, så sa han: "Jeg trenger luft!" Han gikk tvers gjennom rommet og slo igjen døren som førte ut til balkongen.

Miller ble stående innenfor buene på terrassedøren, redd for at hans gamle venn skulle hoppe.

Fra et sted i rommet hulket et barn.

Abe og Miller snudde seg mot sengen, vel vitende om at lyden ikke kom derfra. Begge mennene sto helt stille, med alle sanser i alarmberedskap, mens de ventet på å høre lyden igjen.

"Rettsmedisiner", sa en stemme utenfor etter å ha banket på.

"Det er åpent", sa Miller da teamet, inkludert kriminalteknikerne, ankom.

Miller kastet et blikk på Abe, som satt uttrykksløs. De blå øynene hans så enda mer blå ut skjult i den spøkelsesaktige blekheten.

"Hva har vi her?" spurte et medlem av det rettsmedisinske teamet.

"To døde barn", svarte Miller.

Teamet gikk i gang med å sikre bevis.

Miller og Abe sto side om side og ventet på lyden: lyden av et klynkende barn.

KAPITTEL 65

VAN GOGH

A BE LØFTET SEG OPP og beveget seg fremover, mens han la hodet på skakke som om han hadde hørt noe.

Miller hørte ingenting. Han åpnet munnen for å si noe til Abe, men det var som om han var i transe. Han stampet med føttene over teppet.

Abe falt på kne og hulket ut ordene: "Jeg er lei for det, Benjamin. Jeg er så lei for det. Alt jeg vil er at du skal være her. Vær så snill." Kroppen hans falt forover med hodet hvilende på teppet.

Miller hadde to tanker. Den ene var å trøste sin gamle venn som hallusinerte. Den andre var å hjelpe teamet - de var nesten klare til å legge de to barna i likposer.

I stedet gjorde han ingenting, mens Benjamin ble lagt i den grønne posen. Han skalv da den andre lyden av glidelåsen som lukket Katie, skar gjennom stillheten.

"Reis deg", kommanderte en stemme fra ingensteds.

Abe gjorde det, og reiste seg som en marionettdukke som ble vekket til live av en dukkefører.

"Gå til maleriet", instruerte stemmen.

Abe fulgte anvisningen som en zombie, og stoppet ved Van Gogh-trykket.

"Nei! Nei!" skrek han og holdt seg for hodet med hendene.

Miller gikk rett bak ham, slik at han kunne se nærmere på trykket. Det eneste han så, var en vase med solsikker - ikke at han hadde forventet å se noe annet. Da Abe begynte å snakke igjen, flyttet Miller seg bort.

Abe fjernet hendene fra ansiktet og hulket: "Hvorfor? Hvorfor? Fortell meg hvorfor? Fortell meg hvorfor?"

Teamet som bar likene av barna, gikk mot døren. "Hvem snakker den gamle gubben med?", spurte en av dem.

Uten å svare vinket Miller ham bort.

En stemme hørtes ut. En guttestemme som hørtes hul ut, som om den kom fra en tunnel. "Du vet hvorfor."

"Benjamin," sa Abe. "Jeg elsker deg."

Teamet med likposene stoppet opp. De visste ikke at stemmen de hørte, var Benjamins - gutten hvis lik lå i en av sekkene de bar på.

"Legg posene tilbake på sengen", beordret Miller. "Åpne glidelåsen i den med gutten i - NÅ."

Teamet gjorde som Miller sa. Benjamin var hvit, med lukkede øyne. Fortsatt død. Miller stirret på guttens urørlige ansikt da stemmen hans hørtes igjen.

"Du vet hva du gjorde mot meg. Du vet det."

"Jeg har elsket deg. Jeg elsker deg fremdeles," svarte Abe og strakte ut hånden mot den tomme luften.

"Elsket hvem? Hvem snakker han til, selveste Van Gogh?" spurte et av teammedlemmene.

"Hysj," svarte Miller.

"Det vi gjorde, var å elske. Fordi vi elsket hverandre", tilsto Abe.

Miller ristet på hodet. Hørte han riktig? Han knyttet nevene mens han lukket avstanden mellom seg og sin tidligere venn.

Abe så opp i taket, som om han trodde Benjamin snakket til ham fra himmelen.

"Hvorfor måtte du ta livet av deg selv og Katie? Hvorfor?"

"Jeg gjorde det jeg måtte gjøre."

"For å straffe meg?"

"Ja, fordi jeg kjenner deg."

Miller knyttet nevene.

"Jeg ville ikke ha rørt henne," hulket Abe.

"Jeg tror deg ikke."

Abe ble stående som en statue foran maleriet med blikket rettet mot himmelen.

Miller mumlet ordene til teamet bak ham: "Jeg overtar herfra."

De pakket sammen Benjamins veske og bar de to barna ut av rommet.

Miller flyttet seg slik at Abe var rett foran ham.

Abe fortsatte å se opp mot himmelen. Tiden så ut til å stoppe opp.

Så stakk en kniv ut av maleriet og skar halsen over på Abe i en rask bevegelse.

I noen sekunder ble Abe liggende i samme stilling. Den eneste bevegelsen var blodet som strømmet fra såret. Så tok tyngdekraften over, og han falt ned på gulvet med hodet forsvinnende under sengeteppet.

KRASJ. Det innrammede solsikkemaleriet av Van Gogh falt i gulvet. Glassfronten knuste og splintret i tusen biter.

Miller kalte teamet tilbake. Da de kom inn i rommet igjen, var gulvet et blodig kaos. "Hvor er hodet hans?" spurte en av dem.

Miller snakket som om det var en dagligdags hendelse. "Det er under sengen."

Den ene løftet opp dynen, den andre strakte seg under. De stappet Abe ned i likposen med vidåpne øyne. Det hadde gått så fort at han ikke hadde rukket å blunke. De lukket glidelåsen i likposen.

"Ikke legg barna i nærheten av ham," sa Miller. Legg ham i bagasjerommet, eller på taket, hvor som helst - men ikke sammen med de ungene."

"Klart det, det skal vi sørge for."

KAPITTEL 66

SGT. MILLER

MILLER GIKK UT på balkongen for å få litt frisk luft. Han måtte tenke gjennom det hele, for ingenting av det ga mening. Først var det Els død. Hadde hun visst hva som foregikk med ektemannen og fosterbarnet? Han trodde ikke at hun kunne ha visst det. Ikke El.

Benjamin og Katie så ut som om de hadde blitt skremt i hjel - men de var døde lenge før Abe kom til dette stedet.

Når det gjaldt Abes mishandling av fostersønnen, var det sykt. For forskrudd til å tenke på. Han ville ikke tenke på hvor mange ganger Abe hadde vært gjest i hans eget hjem. På tiden Abe hadde tilbrakt sammen med sine egne barn.

Så var det det overnaturlige aspektet ved det som skjedde. Sersjant Miller trodde ikke på det overnaturlige. Men han hadde sett det, og han hadde hørt stemmene. Men hvordan skulle han forklare det? Det ville han aldri kunne.

Verden hadde blitt gal.

Miller gikk inn igjen, smalt igjen balkongdørene og låste dem. En mann og en kvinne sto der med en støvsuger og en tepperensemaskin.

"Er det greit at jeg begynner?" spurte kvinnen Miller, som nikket. Hun skrudde på støvsugeren, og i noen sekunder sto han og lyttet til glasset som ble sugd inn i metallbeholderen.

"Stopp!" beordret han, mens han beveget seg over gulvet. Han bøyde seg ned og plukket opp en enkelt solsikke på et stykke glass.

Kvinnen gikk tilbake til støvsugingen, mens Miller holdt solsikken opp mot øynene.

Så så han det - bevegelse - inne i solsikken. Farger, kromgule, sitrongule, farger som virvlet og snudde seg som i et kaleidoskop. Han kjente at teppet flyttet seg under seg da han slapp solsikken, og så ble alt svart da han falt i gulvet.

KAPITTEL 67

KATIE VÅKNER OPP

"BENJAMIN", SA KATIE, "DET er ikke meningen at jeg skal være her." Hun satt på en huske, og han dyttet henne høyere og høyere, men ikke for høyt.

"Selvfølgelig skal du være her", sa Benjamin.

Rundt dem var det barn som lekte. Noen var i sandkassen. Andre gikk på vippepinne. Mange konkurrerte i baseball og fotball. Flere spilte brettspill som sjakk, dam og klinkekuler.

"Du er velkommen her", sa en gutt som var yngre enn Benjamin, til Katie.

Han hadde på seg en denimoverall uten skjorte under. Han hadde en gyllen brunfarge som fikk det blonde håret og de blå øynene til å dominere det atletiske ansiktet hans.

"Du er hjertelig velkommen hit, min nye søster", sa en liten jente, yngre enn Katie. Håret hennes var satt opp i lokker som spratt når hun løp. Hun var pen i en blå kjole med blonder rundt kantene, og på føttene hadde hun hvite sandaler.

"Men jeg er ikke som deg," sa Katie. "Jeg hører ikke hjemme her. Du hørte sersjant Miller. Han sa at mamma lever. Hun venter sikkert på meg ved vannkanten. Hun sa jeg ikke skulle røre meg. Hun vil være bekymret for meg."

Benjamin dyttet henne høyere opp: "Du er trygg her."

Det blåste ugress gjennom parken. Parken inne i det knuste Van Gogh-maleriet Solsikker. Stedet der alle de glemte barna levde og lekte sammen for alltid.

For selv om glassfronten ble knust i denne verden, forble den intakt i en annen. Hvert barns tidsklokke ble stilt tilbake.

Tilbake. Til tiden da de mistet barndommen sin. Da de ble tvunget til å bli voksne, altfor fort.

Inne i maleriet forble barna barn for alltid. I tryggheten i Van Goghs solfylte Solsikker fantes det et løfte. Et løfte om at ingen barn noensinne igjen skulle bli skadet, mishandlet, skremt eller forsømt.

KAPITTEL 68

SGT. MILLER

På LIKHUSET VALGTE MILLER kister til El, Katie og Benjamin - og Abe. Han ville ha latt den gamle mannen gå til toeren i en pappeske, hvis han kunne, men det passet ham ikke. Så han måtte velge fire kister til fire lik. Noen måtte gjøre det.

Miller håpet å få en avslutning ved å ta seg av denne oppgaven. Likevel tenkte han på Katies forsvunne mor, Jennifer Walker. Hun var der ute et sted - og datteren var død fordi hun hadde forlatt henne alene ved vannkanten. For en tragedie.

Et slikt tap. Alt kunne vært forhindret. En forelder skulle beskytte sitt barn - uansett hva som skjedde.

Å utsette seg selv for risiko heller enn at barnet skulle bli skadet. Når gikk alt galt, og hvorfor så han det ikke?

Miller kunne ikke få en avslutning. Han kunne ikke få ro i sjelen.

Og noe gnagde i magen hans. Noe som spiste ham opp innenfra og ut. Han dro tilbake til Julius' hjem i håp om å finne svar. Eiendommen var fortsatt avsperret med avsperringsteip, og en politimann sto ved inngangsdøren.

"Er det noen der inne?" spurte Miller.

"Nei, sersjant. Jeg tror de har avsluttet for i dag. De har sjekket det for fingeravtrykk og tatt ut alt de ville beholde som bevismateriale." Han så på klokken sin. "Jeg hadde tenkt å dra tilbake til stasjonen snart. Skiftet mitt er nesten over."

"Kommer det noen andre for å passe på stedet over natten?" spurte Miller.

"Jeg tror ikke det."

"Da kan du gå," sa Miller, "jeg tar over herfra."

Betjenten satte seg inn i bilen sin og kjørte av gårde. Miller så på at han kjørte av gårde, og gikk så inn i huset.

Vel inne lot han følelsen som gnagde i magen lede ham dit han måtte gå. Ned gangen, langs korridoren. Til Abes kontor. Han sjekket skrivebordet: låst. Han gikk inn på kjøkkenet og tok en kniv ut av skuffen. Han brukte den til å bryte seg inn i skrivebordet. Det han lette etter, lå der, nesten som om det ventet på ham: Abes hovedbok.

Miller bladde gjennom sidene som ledet opp til jul, på jakt etter dukkebestillinger. Det var flere bestillinger opp gjennom årene, med bilder av barna, deres fulle adresser og bilder av barna med de matchende dukkene.

Det var imidlertid ikke noe bilde av Katie i bunken, men han kunne bekrefte at personen som hadde lagt inn bestillingen og hentet dukken, var Mark Wheeler.

Han fant i alt syv bestillinger fra de siste årene. Et bilde av barnet, ved siden av bildet av dukken. Katies hadde vært det siste kjøpet.

Han satt i stolen til Abe i noen sekunder til, mens han bladde gjennom mappene sine. Blant dem var en søknad om å adoptere Benjamin. Der sto det at han også skulle overta eierskapet til huset og butikken. Ingenting var ferdigbehandlet, for El hadde ikke undertegnet den. Han tok søknaden sammen med regnskapsboken og bar dem ut av kontoret.

Han gikk inn på Katies rom. I et øyeblikk fikk han ikke puste. Den likedanne dukken hennes lå på sengen, satt oppreist og så på ham. Ventet på ham. Hvis den hadde pustet, kunne den ikke ha gjort ham mer lamslått. Ute av stand til å røre seg, ble sansene hans skjerpet.

Først en plystrende lyd. Blafrende. Bølgende gardiner. Tentakler som strakte seg ut etter dukken.

Han skalv, snudde seg for å gå, men klarte det ikke. Han slo armene rundt seg selv.

"Ok, ok, ok," sa han til ingen. Han løftet opp dukken og bar den ut av rommet og inn på kjøkkenet. Han lette under vasken etter en pose som var stor nok til å putte den i. Han hadde ikke hjerte til å putte den i en grønn søppelsekk - det lignet for mye på en likpose. I stedet fant han en blå, gjennomsiktig resirkuleringspose og la dukken i den med føttene først.

Han låste huset, satte seg i bilen og kjørte tvers gjennom byen. Da han kom frem til bygningen, kjente portvakten ham igjen, så han trengte ikke å vise skiltet sitt. Det var bra, for han hadde med seg en dukke i en stor, gjennomsiktig veske.

"Jeg skal ta deg med opp dit," sa Matthew Barry, resepsjonssjefen. Han viste vei inn i heisen og videre opp til syvende etasje.

I heisen på vei opp stilte Miller seg selv mange spørsmål, som hva han gjorde og hvorfor, men han fikk ingen svar.

Det eneste han visste med sikkerhet, var at følelsen som hadde gnagd i magen hans, hadde blitt mindre etter at han tok opp dukken. Etter hvert som han nærmet seg rommet, bleknet den i bakgrunnen.

Barry dreide nøkkelen om i låsen, og WHAM, en sirene hylte - noe som fikk manageren til å føle at hjernen hans ville eksplodere. Stakkaren trykket på alle knappene på veggen for å få den voldsomme lyden til å stoppe. Da ingenting virket, holdt han seg for ørene, og til slutt snudde han seg og gikk skrikende ut av rommet.

Miller ble også påvirket av sirenene, men ikke like mye som sjefen hadde blitt. Han falt ned på sengen, brukte putene til å dempe lyden og håpet at den snart ville stoppe. Han lukket øynene og besvimte. Da han våknet, lå putene på gulvet, og det var stille i rommet.

Han slukte litt vann og sprutet litt i ansiktet. Han la merke til at teppet var nytt, og at det var finere denne gangen. Så fikk han øye på noe annet: et nytt Van Gogh-maleri med solsikker i en antikk gullramme.

Mens kranen dryppet, undersøkte han maleriet. Han så ingen bevegelse, men så husket han dukken. Han så plastposen på gulvet ved siden av sengen: Den var tom.

Han klødde seg i hodet, snudde seg og gikk mot døren, og i det han la hånden på dørhåndtaket, hørtes barnestemmer:

Takk for blomstene,

Takk for trærne,

Takk for fossefallene,

Takk for brisen.

Vi er her sammen nå.

Fri fra skade og smerte

Takk, sersjant Miller

For at du kom tilbake igjen.

Disse ordene og melodien fortsatte å gå rundt og rundt i hodet hans. I dager, uker, måneder, år.

EPILOG

MILLER GIKK AV MED pensjon, med en siste anmodning i tjenesten. Han banket på døren til Judy Smith.

"Jeg er her for å treffe Gerald", sa han.

Han fulgte Judy opp trappen: "Sersjant Miller er her for å treffe deg."

Hun ble stående i døråpningen, mens Miller håndhilste på Gerald og overrakte ham en borgerutmerkelse.

"Du har hjulpet oss med å løse en sak", sa Miller. "Fortsett det utmerkede arbeidet."

"Kan jeg få et bilde av dere to?" spurte Judy.

Miller nikket, og han og Gerald småpratet mens hun gikk ned trappen og kom opp igjen med telefonen i hånden.

"Say cheese", sa hun.

Etter noen få bilder tok Miller farvel og var på vei hjem. Han håpet på en rolig kveld med kona - det han ikke visste, var at hun hadde en stor overraskelsesfest som ventet på ham.

Erkjennelser

Kjære lesere,

Takk for at dere har lest ALLES BARN, som jeg skrev førsteutkastet til i 2013 under National Novel Writing Month.

Førsteutkastet var ferdig, jeg gjorde noen mindre endringer og sendte det deretter ut til noen betalesere for å se hvordan det kunne forbedres - og om de likte det. Fire av fem lesere (som var forfatterkolleger) likte verken Katie eller Benjamin, og ville at jeg skulle skrive om karakterene slik at de lignet mer på deres egne barn osv. Jeg tok kommentarene deres med meg for å tenke over dem mens jeg jobbet med andre prosjekter. Hadde de rett? Magefølelsen min sa meg noe annet.

Til slutt bestemte jeg meg for å stå på mitt. Andre forfattere kunne skrive karakterene sine slik de ville. Hvis vi alle skrev karakterene våre på samme måte, hva ville poenget være? Dette var mine karakterer, og de hadde valgt meg til å fortelle historiene sine til/gjennom meg. Jeg måtte fortelle historiene deres på den måten de ønsket at de skulle bli hørt. I så måte var karakterene mine og jeg selv i sync.

Det fikk meg til å lete etter en Developmental Editor, og jeg fant en utmerket redaktør som jeg alltid vil være takknemlig for hennes hjelp og oppmuntring.

Men ALLES BARN var ikke ferdig ennå. Den måtte leses av nye betalesere, og det ble den. Denne gangen stilte jeg dem spørsmål, og særlig var jeg opptatt av brødsmuler. Hadde jeg etterlatt nok underveis til å lede leseren til den sjokkerende konklusjonen? Én av fem lesere mente at jeg hadde røpet for mye, og ba meg om å redusere antall brødsmuler. Det vil kanskje interessere deg å vite at hun gjettet feil til å begynne med, men ved å lese boken på nytt oppdaget hun flere av hintingene jeg hadde gitt.

Jeg vil gjerne benytte anledningen til å takke korrekturleserne, betaleserne og redaktørene mine for deres engasjement for meg og dette prosjektet. Deres innspill var verdifulle - enten jeg godtok forslagene deres eller ikke. For at dere har hjulpet meg med å gjøre ALLES BARN så god som mulig. Kanskje Stephen King kunne ha/ville ha gjort mer. Men jeg er ingen Stephen King. Jeg er en uavhengig forfatter, eneste ansatte og grunnlegger av Stratford Living Publishing.

Takk også til familie og venner som har stått ved min side gjennom mørket.

Og som alltid, god lesning!

Cathy

Om forfatteren

Cathy McGough er en flerfoldig prisbelønt forfatter
som bor og skriver i
Ontario, Canada, sammen med sin mann, sønn, to
katter og en hund.

Hvis du ønsker å sende en e-post til Cathy,
kan du nå henne her:

cathy@cathymcgough.com

Cathy elsker å høre fra
leserne sine.

Også av: